El destino de Sinan

Ibrahim Coulibaly

El destino de Sinan

Wanafrica ✹ Ediciones

El destino de Sinan, 2024

© Ibrahim Coulibaly

Edición y revisión de estilo: José Jenaro Rueda

Maquetación, ilustraciones y portada: Arturo Mariño

©De la presente 1.ª edición en castellano para todo el mundo:
Ediciones Wanáfrica

Comte Borrell, 200 1º- 4ª – 08029 Barcelona

www.edicioneswanafrica.com

info@edicioneswanafrica.com

Impreso en España

ISBN: :   978-841-71-5013-6

Depósito legal: : B 16805-2024

PRIMERA PARTE

1

En septiembre, mes de inicio tanto de las clases secundarias como primarias, estuvimos en Costa de Marfil. Todos los padres pensaban en cómo matricular a sus hijos, sobre todo, los más vulnerables, que habían sufrido la escasez económica; entre ellos se encontraba Úmu, la madre de Sinan.

Sinan era un jovencito muy listo, había sobresalido como el mejor en todas las clases que acababan de terminar; en cuanto a Úmu, su madre, era una mujer viuda, dotada de la fuerza de una amazona...

***

Ese día Sinan fue a la escuela para pedir información acerca de la matrícula y del manual académico del programa, puesto que últimamente cada año había tenido manuales diferentes que los del año anterior.

De regreso, saludó a su madre, que estaba sentada sobre una estera tan arrugada como el intestino de un perro, que había extendido sobre una azotea cuyo deterioro daba impresión de que había habido un terremoto:

SINAN: —¡Buenas tardes, mamá!

ÚMU: —Muy buenas, hijo mío. ¡Bienvenido!

SINAN: —Gracias, mamá –respondió, dirigiéndose en la habitación para librarse de su uniforme escolar.

En breves momentos salió de la habitación y se puso a dialogar con su madre.

SINAN: — ¿Cómo fue el mercado hoy?

ÚMU: —Más o menos bien, hijo –le dijo, como suele ser la costumbre de las mujeres africanas, aunque ya hayan vendido todas sus mercancías–. ¿Y cuáles son las novedades de la escuela?

SINAN: —Las mismas del año pasado. Solo se añadirán algunas asignaturas distintas porque este año empezaré a estudiar una segunda lengua viva. Intenté ver a Konan, el librero, para hacer los puntos de los manuales, pero no estuvo en su oficina.

ÚMU: —¿Qué tienen esos profesores para añadir más libros? ¿Piensan que tenemos dinero como ellos? ¿ Qué son esas cosas? –preguntando como si estuviera en una serie de entrevista.

SINAN: —¡Cálmate, mamá! –exclamó él, con amor– ¿Sabes?, este año hago la cuarta, así que eso es normal porque se va a añadir una nueva disciplina y cada disciplina tiene sus propios manuales. Los profesores no son nada más que retoños en esta historia; las decisiones vienen del Ministerio y solo tienen que aplicarlas.

ÚMU: —Entiendo, pues, pero de todas maneras se trata de dinero y, como ves, no tengo ninguna ayuda. Están los gastos de la casa que tenemos que pagar y muchas otras cosas más... Trabajaste todas las vacaciones y ese dinero lo tomaré para cambiar tu uniforme, que ya ha completado tres años. Mira tú mismo cómo se ha deteriorado, con las nalgas agujereadas...

Sinan: —Te entiendo muy bien, mamá, pero no te presiones, madre; todo terminará avanzando con la luz. Solo tenemos que confiar en Dios.

Úmu: —¡Muchas gracias por tranquilizarme así, mi niño! Ven acá... –apretándolo entre sus brazos.

Pasados unos minutos, Sinan salió y vio a su amigo Abú, el hijo de uno de los hombres los más pudientes de la ciudad. Intercambiaron palabras...

Sinan: —¡Hola, hombre! ¿Cómo estás?

Abú: —Yo muy bien, ¿y tú?

Sinan: —Estoy bien también, gracias. ¿Fuiste a la escuela hoy?

Abú: —¡Claro que sí! Hemos empezado las clases hoy mismo. Haré alemán como lengua viva, ¿y tú?

Sinan: —No hemos empezado las clases, pero yo haré el español como lengua viva. De hecho, mandaron a todos los alumnos de nuestra antigua clase a las clases de español...

Abú: —¡Ah, sí, vi! ¡Pues suerte para todos!

Sinan: —Muchas gracias, amigo mío. Dime, ¿ya te matriculaste?

Abú: —Sí, lo hizo mi padre hace tiempo, ¿y tú?

SINAN: —No, todavía no. Hoy solo fui para obtener informaciones acerca del pénsum. De verdad, me preocupa nuestra situación, ya que mi madre no tiene ninguna ayuda...

ABÚ: —No te preocupes, todo marchará bien. Hablaré con mis padres para ver si pueden hacer algo.

SINAN: —Me serviría mucho, amigo mío. ¡Muchas gracias por tu apoyo!

ABÚ: —Sabes bien que no me gusta verte así ni que me agradezcas por algo. Los amigos deben ayudarse. ¿Olvidas que me ayudas siempre con mis ejercicios sin que te pague algo aunque sea?

SINAN: —Déjate de eso, por favor.

ABÚ: —Pues hazlo tú también...

Después de este encuentro, Abú se fue a casa y encontró a Ben, su padre, sentado sobre un sofá leyendo el periódico.

Abú: —Buenas tardes, padre.

Ben: —Buenas tardes. ¿En dónde estabas? –expresó, con su voz grave y roca.

Abú: —Con mi amigo Sinan.

Ben: —Ahhh, bien.

Abú: —Papá, quisiera hablarte de algo –le dijo, con cierto temor.

Ben: —Sí, te escucho.

Abú: —Papá, es que mi amigo está en una situación económica muy crítica. De hecho, hasta ahora no ha podido matricularse.

Ben: —Pues, ¿soy ahora una beneficiencia social? ¿Piensas que no tengo problemas o que te matriculé con facilidad?

Abú: —¡Por favor, papá! –replicó, poniéndose de rodillas como para pedir perdón a su progenitor por haberlo alterado.

Ben: —¡Levántate y ven acá! –le respondió con vigor.

Abú ejecutó la orden de inmediato, pero una vez en la sala empezó a susurrar cosas que solo él entendió.

2

Días después, Korotum –la madre de Abú, afectuosamente llamada Koro por la mayoría de la gente– fue invitada a la fiesta nupcial de una de sus amigas. Decidió asistir con Ben, su esposo, y entonces Abú se quedó solo con Yasmín, la ama de casa, y el vigilante, Karim, quienes permanecieron en casa cumpliendo sus funciones respectivas. Como Ben había rehusado ayudar a Sinan, pues se le vino a la cabeza al muchacho aprovechar la ausencia de sus padres para intentar la posibilidad de encontrar algo que pudiese ayudar a su acuache...

Después de confirmar que la camarera y el guardia estuvieran en sus servicios, Abú penetró en la alcoba conyugal de sus padres; tiró el primer cajón sin encontrar a nada, pero al tirar el segundo encontró un paquete de billetes bien clasificados...

Abú extrajo diez billetes de diez mil francos, es decir, cien mil francos, pero cuando estaba ocultando el resto del paquete cayó en cuenta de que podría ingresar Yasmín, lo cual puso a palpitar con fuerza su corazón y lo invadió un susto terrible dentro de la habitación. Exclamó agónicamente: "¡Señor!", pensando en que lo hubieran descubierto. Cuando dio la espalda y no vio a nadie, se aseguró de que todo quedara muy bien guardado y salió de una vez, en medio de un miedo incontenible...

*** *

Abú terminó su operación y se fue directamente a casa de su amigo para entregarle el dinero. Mientras tanto, Sinan estaba machacando algunos ingredientes para ayudar a su madre a cocinar.

ABÚ: —Hola, hermano, ¿qué tal?

SINAN: —Como ves, me encuentro bien, gracias. ¿Y tú cómo estás?

ABÚ: —Estoy perfectamente. ¿Y tu mamá?

SINAN: —Está todavía en el mercado.

ABÚ: —Vale. Como te dije, hablé con mi padre y me ha entregado algo para ustedes –manifestó, entregándole el dinero.

SINAN: —¡Muchas gracias, hermano mío! –respondió de inmediato, muy contento.

ABÚ: —Es un placer, ya que no nos vamos a comer nuestros púlpitos.

SINAN: —Es que no entendemos todos las cosas así, pero, de verdad, mi madre no lo verá con beneplácito. En efecto, no le agrada que hable de nuestros problemas con los demás.

ABÚ: —Entiendo muy bien, pero eso hace falta.

Unas horas después vino Úmu. Abú se había quedado acompañando a su amigo y ambos la recibieron diciendo en coro "¡bienvenida, mamá!", con mucha alegría.

ÚMU: —¿Qué tal están, chicos?

"Estamos bien, mamá", contestaron juntos.

ÚMU: —Abú, ¿y tus padres?

ABÚ: —Se encuentran bien.

ÚMU: —Me alegro.

Pocos minutos después, Abú pidió permiso y se despidió para retirarse a su morada.

ABÚ: —Mamá, ahora tengo que regresar, pues pedí la mitad de la ruta.

ÚMU: —¿Ya? Bueno, como es la mitad de la ruta te lo damos...

SINAN: —Mamá, iremos acompañados para que no se pierda, ¡ja, ja, ja, ja!

Momentáneamente se sembró una atmósfera de sorna en la casa.

***

Tras haber acompañado a su amigo de regreso a casa, Sinan se dispuso a entregar el dinero que le había dado Abú a su madre.

SINAN: — Mamá, tengo una buena noticia para ti y para mí.

ÚMU: —¿Qué es? ¡Cuéntamela!

SINAN: —¡Adivínala!

ÚMU: —No seas tan atojadizo como una mujer. ¿O es que hacer trabajos gastronómicos te la han transmutado?

SINAN: —Bueno, te la confieso ahora. Es que Abú me ha dado cien mil francos por parte de su padre para nosotros a manera de ayuda.

ÚMU: —¿Cómo? ¿Y es que estamos en la indigencia? –exclamó, por una parte contenta, pero por otra sorprendida.

SINAN: —De hecho, es que le hablé de nuestra situación hace unos días y él, a su vez, lo hizo con su padre...

ÚMU: —Te he dicho muchas veces que no me gusta que hables de nuestras cosas íntimas a la gente, pero no me escuchas. Cuando se pide ayuda a alguien uno se vuelve su esclavo.

SINAN: —Lo siento mamá, pero, de verdad, no le hablé de eso para que nos ayudara o lo que fuese. No lo volveré a hacer.

ÚMU: —No pasa nada. Ya está hecho, pero no vuelvas a hacerlo.

SINAN: —Bien, mamá.

ÚMU: —¿Sabes?, debemos estar orgullosos de nuestra situación y luchar como una fiera para nunca doblegarnos.

SINAN: —¡Muy bien, mamá!...

3

Había transcurrido el año y en ese momento Sinan estaba en tercero. Estaba ya en el umbral de los exámenes de fin de año y, para prepararlos, Sinan se hallaba en casa haciendo ejercicios. De repente, cayó en cuenta que su madre no regresaba todavía y ya eran las seis de la tarde, cosa que no acostumbraba hacer.

Los minutos volaron y todo continuaba igual. El muchacho empezó a hacerse conjeturas: "¿Qué estará haciendo mi madre?, ¿tendría algún problema en el mercado?, ¿O se habrá ido a saludar a alguien...?". Pero el tiempo seguía corriendo y las preguntas se multiplicaban en la cabeza del chico...

* * *

Transcurrida una hora decidió entonces dirigirse al mercado para de saber lo que habría ocurrido a su madre. De camino, pasó por casa de Awa, una compañera de su madre en el mercado, pues su madre podría haberle contado que estuviera enferma, pero fue en vano: allá encontró solamente a la hija de Awa.

SINAN: —Buenas noches, hermana. Por favor, ¿ha venido mi madre por acá?

Awa: —No, la mía tampoco ha llegado aún. Parece que una mujer ha tenido un accidente en frente del mercado. Quizás deben estar allí.

Sin perder tiempo ni añadir palabra, como una liebre, Sinan salió corriendo como si le hubieran dicho que su madre había sido la del accidente.

***

Sinan estaba a unos metros del mercado y podía ver a la gente que formaba un rebaño en torno a alguien, a quien no podía identificar desde donde estaba. Con la velocidad de un tigre, vadeó la calzada y fue así que vio a su madre extendida en el suelo, sangrando. Fue así que el carnicero Dialo se le acercó, poniendo su mano sobre su hombro e intentando darle moral hasta que se llegasen los socorristas. En poco tiempo llegaron y se la llevaron de urgencia al hospital .

En el trayecto hacia el hospital, el estado de Úmu se complicó y ya fue tarde; en efecto, ya su alma no estaba en su cuerpo, había muerto.

***

Mientras el cuerpo quedó en la morgue, se revisaron los documentos de Úmu; se halló un cuaderno con contactos familiares... Entonces los llamaron para darles la noticia y para que estuviesen informados de la situación.

Fueron momentos difíciles, Sinan estaba inconsolable. Lloraba de manera desbordada. No quería escuchar a nadie... Estaba trastornado de una manera preocupante.

***

La gente se reunió para dar sus condolencias. Se pudo entender en estos momentos que Úmu tenía una familia: unos se presentaron como hermanos y otros como simples conocidos. Y hubo alguien que se presentó como cuñado de la finada, quien al finalizar los funerales pidió que se le permitiera a Sinan venir a vivir con él, para seguir los estudios a su lado en un campamento en el norte del país, cosa que aceptaron los demás sin resistencia. A la semana siguiente se fueron juntos hacia dicho campamento...

4

Unos años después, las cosas no pasaron como se esperaban. Una vez en el pueblo, con su tío, no aceptaron que Sinan continuara sus estudios; fue maltratado por la esposa de su tío y no fue matriculado. Pasaba hambre y no tenía derecho a la libertad. Fueron raros los momentos en los cuales se pudo ver a Sinan descansando con tranquilidad en la noche.

Sinan no pudo soportar más tales maltratos y un día, como pudo, consiguió cómo contactar a Abú y lo llamó, con el apoyo de uno de los sabios del campamento. Le contó todo a Abú y este, a su vez, lo hizo con sus padres, quienes aceptaron que Sinan viniera a vivir con ellos, aunque esta idea no fuera compartida por Koro, la madre de Abú...

***

Sinan regresó, pues, a la ciudad; basta decir que se libró oportunamente. En efecto, esa noche, cuando todos estaban durmiendo, fingió levantarse a orinar y se escapó para ir a buscar al chófer de Ben, quien estaba esperándolo en el pueblo vecino. Fue así como empezó para él una nueva aventura gracias a su amigo...

Mientras Sinan viajaba con el chófer, camino a la ciudad, Abú permanecía despierto, lleno de impaciencia por ver a su hermano.

***

Eran las tres de la mañana cuando, súbitamente, el coche se presentó delante del portal, tras haber recorrido cientos de kilómetros de distancia. El portero se apuró a abrir el portal con el fin de dejarles pasar.

Se podía leer una inmensa alegría en los ojos de Sinan. De pronto, Abú corrió al encuentro mientras que Sinan salía del coche; se dieron un cálido y cariñoso abrazo. Entre tanto, los padres permanecían somnolientos en la sala, viendo la tele.

Abú: —¡Bienvenido, hermano! –le susurraba, con lágrimas en sus ojos.

SINAN: —Muchas gracias, hermano. No puedes imaginar cómo te extrañé en este calvario –le contestó, ahogado en llanto–. Dime, ¿y tus padres?

ABÚ: —Están en la sala tratando de ver la tele para no dormirse.

Se pusieron en reír de modo zumbón mientras caminaban hacia la sala. Abú tocó levemente los pies de su padre; este abrió los ojos y vio a Sinan.

BEN: —Bienvenido, hijo. ¿Cómo te fue en el viaje?

ABÚ: —Muy bien, padre.

BEN: —Me alegro. Toma un baño y come; mañana hablaremos.

Entre tanto, Koro había quedado profundamente dormida hasta que su esposo la despertó.

5

Amanecía y Sinan seguía acostado, a pesar de que trataron, en vano, de despertarlo muchas veces. Durmió profundamente hasta la tarde, como si nunca lo hubiese hecho. Al despertar sentía el hambre de un lobo, entonces le sirvieron una buena ración que engulló tan rápido como un ganso.

En breve se organizó un encuentro familiar convocado por Ben, el jefe de familia, y todos acudieron:

BEN: —Ahora que estamos reunidos, informo a todos que desde ahora Sinan vivirá con nosotros. Es lamentable que haya perdido a sus padres biológicos, pero tú, Koro –señalándola– y yo vamos a ser los nuevos padres de Sinan. Y en cuanto a ti, Abú –apuntándole con el dedo–, no tomes a Sinan solamente como tu amigo; desde hoy debe ser como un hermano de sangre para ti.

ABÚ: —Papá, Sinan no es mi amigo desde hace tiempo, es mi hermano.

BEN: —Te he dicho que cuando te hable de algo a manera de información, solo contestas "sí" – exigiendo, como lo hace la mayoría de los padres africanos.

ABÚ: —Discúlpame, papá.

En ese momento, los ojos de Sinan estaban llenos de lágrimas; mientras que Korotum, quien no gustaba de la presencia del chico en la casa, permanecía silenciosa.

BEN: —Tú, Sinan, ahora dinos que estás en familia. Lamento mucho haberles negado nuestra ayuda cuando estaban duras las cosas para tu mamá y no tenían cómo pagar tu matrícula, a pesar de que Abú me lo pidiera; pero ahora creo que es buena la ocasión para reivindicarme. Ahora estamos tu mamá, Korotum; tu hermano, Abú; y yo –tocándose el pecho–, tu padre.

Sinan comprendió entonces que algo no cuadraba bien con respecto a esta historia de ayuda, pero prefirió callar.

SINAN: —No tengo ninguna palabra para agradecerles. ¡Solo pido a Dios que los colme de abundantes bendiciones! –exclamó, sin poder contener sus lágrimas.

Ben notó que su esposa estaba muy callada y así la interpeló:

BEN: —¿ Y tú, Koro, no dices nada?

KOROTUM: —Es que no sé qué decir. Estoy muy conmovida por esta historia –respondió, para disimular.

BEN: —¡Ah, sí! Te entiendo. Y es cosa normal.

Por algunos minutos reinó la zozobra y todos quedaron silenciosos, hasta que Ben tomó de nuevo la palabra, abocándose a Sinan:

BEN: —Dime, Sinan: ya que llevas algunos años sin ir a la escuela, ¿qué quieres hacer ahora?

SINAN: —Quisiera seguir estudiando. Me gustaría ir a la escuela para honrar a mi madre, quien siempre quiso eso. Quiero dar valor a su lucha sin freno por mi porvenir.

BEN: —Vale. Eres muy listo y sabio. Así debe ser un hombre. Y me alegro mucho de que tengas ese carácter tan valioso. Te vamos a matricular en una escuela privada para que sigas estudiando. ¿Qué piensas de eso, querida? –preguntó, dirigiéndose a su mujer...

KOROTUM: —Sí, es una buena idea. Así Sinan podrá realizar su sueño –asintió, pero era algo que no venía de su corazón.

BEN: —Vale. Pues que así sea...

Así terminó este encuentro. Sinan y Abú, su hermano, se dirigieron hacia sus recámaras. Era una gran habitación con ducha interior; resaltaban una gran biblioteca atiborrada de libros y documentos de todo género, y una cama suntuosa de doble espacio, con extenso tendido de gajos de flores hacia las cabeceras...

Por el pasillo surgió la conversación:

SINAN: —Dime, ¿me mentiste con respecto a aquella ayuda de tu padre? Confiésamelo ahora.

ABÚ: —De verdad, aquel dinero lo tomé mientras mis padres no estaban ese día. Pero que quede entre tú y yo.

Sinan giró su cabeza sin añadir más, mientras que Abú siguió hablando...

ABÚ: —Fue la única opción que tuve en ese momento y nunca lo lamento.

SINAN: —Una mala cosa para nada debe ser juzgada como buena acción sin importar la razón, pero, ¡mil gracias por este amor incondicional hacia mí! Eso prueba que estás dispuesto a hacer lo que sea para que yo esté feliz. ¡Te quiero mucho, hermano!

Y se fundieron en un gran abrazo...

Abú: —Ahora podrás seguir las clases, pero lo que me duele es que acabas de perder tres años de escuela, siendo tan listo.

Sinan: —Más listo es Dios y recuerda que todas sus acciones tienen sentido y razones, entonces Él sabe el porqué.

Abú: —Espero que desde hoy las cosas cambien.

6

Sinan fue matriculado como se había dicho, siendo un poco mayor, pero prosiguiendo a pesar de tres años sin haber estudiado. Eso hizo muy feliz a Ben.

Sinan y Abú estuvieron ambos en clases de exámenes; Sinan en tercero –cuarta clase del primer ciclo secundario– y Abú en clase de finalización –último nivel del segundo ciclo–. Entonces sus padres les prometieron un viaje a algún lugar de su elección para pasar las vacaciones, si y solamente si culminaban con éxito los exámenes y con altas calificaciones; motivo por el cual los jóvenes redoblaron sus esfuerzos para no dejar escapar de sus manos esa maravillosa ocasión.

Estando en la habitación, los dos hermanos intercambiaban sus aspiraciones acerca del lugar que podrían visitar:

Abú: —¿Qué lugar quieres que visitemos?

Sinan: —Te dejo la elección.

Abú: —Dime alguno para que veamos juntos.

Sinan: —Quisiera que fuese Senegal o Benín.

Abú: —¿Por qué esos lugares?

Sinan: —Porque me encantaría visitar sus monumentos. En Benín, con precisión en la capital beninesa, se tiene el monumento a La Amazona. Es un gran monumento que trata de la cultura africana y también de la lucha que enfrentan nuestras madres. En cuanto a Senegal, se encuentra

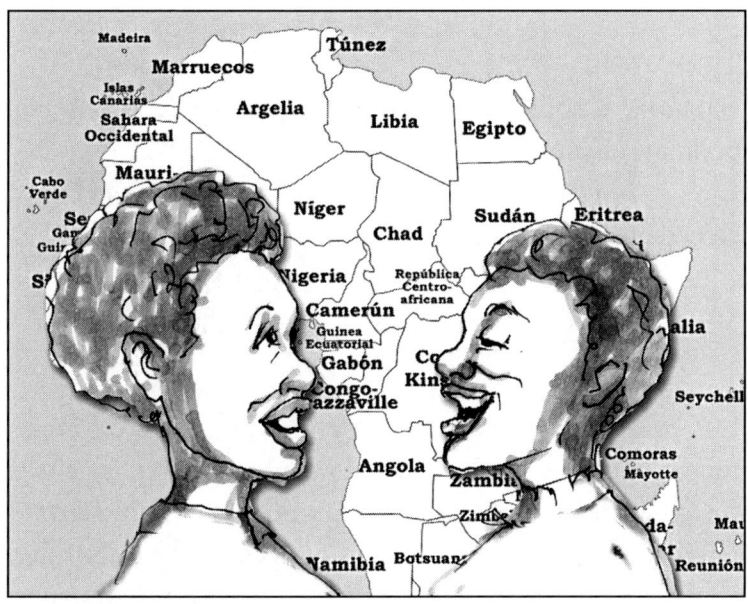

en Dakar, su capital, el Monumento del Renacimiento, que revela cosas impresionantes acerca de la lucha de los africanos en diversas instancias, hacia un renacimiento.

ABÚ: —Tienes razón, yo no pensaba más que en un país europeo, pero ahora comparto completamente tu idea.

SINAN: —¿Qué país europeo planeabas?

ABÚ: —España o Francia.

SINAN: —¿Y porqué?

ABÚ: —España porque tiene muchos sitios turísticos, como las playas de Barcelona y el estadio Santiago Bernabéu... Y Francia para ver la torre Eiffel y visitar Toulouse...

SINAN: —¿Sabes?

ABÚ: —¡Sí, dime!

SINAN: —Me parece bueno tu punto de vista. Sobre todo a España, también, porque me gusta mucho la cultura española y podré hacer amigos españoles, con quienes podré perfeccionar mi español...

ABÚ: —Así iremos también a Alemania porque me pones celoso con lo del idioma. ¡Ja, ja, ja, ja!

Y lanzaron ambos una fuerte risotada...

SINAN: —Benín y Senegal esperarán. ¡Ja, ja, ja, ja!...

***

Los exámenes llegaron al fin y los resultados de Sinan fueron excelentes, pero, en cuanto a los de Abú, las cosas no salieron bien. Sin embargo, a pesar de todo, Ben no renunció al proyecto de viaje. Las cosas no le gustaron a Koro, quien, sin ocultarlo, se lo dijo a su esposo cuando estaban acostados en la noche.

KOROTUM: —Querido, quisiera hablarte.

BEN: —Sí, te escucho, amor. Dime qué hay.

KOROTUM: —Abú no ha tenido éxito en los exámenes y no sé por qué todavía sigue la idea de viajar, mientras le queda solo un mes de descanso. Creo que podemos dejarlo para el año próximo.

BEN: —Te veo venir, mujer, pero es bueno que sepas que Sinan no ha tenido mucha suerte en esta vida y ahora, hacerle feliz, se hace para mí una prioridad; sobre todo, siendo creyente, eso se vuelve un imperativo para mí.

Muy enojada, ella respondió:

KOROTUM: —Ahora entiendo, la felicidad de nuestro propio hijo no cuenta más, pero sí la de alguien de la calle.

BEN: —Lo repites otra vez y que el cielo te perdone –replicó, también muy enojado–. ¿Qué es eso?, ¿por qué tanto egoísmo?, ¿elogias vivir en tantas espinas? Piensa qué podría ser Abú en esas condiciones...

Como de costumbre, siguió hablando al igual que lo hacía cada vez que montaba en cólera.

KOROTUM: —¡Lo siento, querido! –contestó, como buena mujer africana.

BEN: —No pasa nada, pero cambia esa manera de ver las cosas. A mí no me gusta tener esos pensamientos acerca de los hijos de los demás.

KOROTUM: —Muy bien, querido, y te lo prometo.

***

¡Miran!,

¡que miran bien!
El fantástico carácter
muy timorato de la mujer.
Miran sus maravillosas maneras.
En efecto, con ellas se curan bien las heridas,
las más dolorosas y penosas que puedan existir;
con ella todo hombre tiene gana de amar, triunfar y
vivir.

***

El viaje fue confirmado para España y debería tener lugar en solo unos días más, sin olvidar que Ben era un hombre muy rico; hacerse de los visados era cosa de ojos cerrados para él.

Con ver a Sinan y a Abú hasta un ciego podría leer la alegría que se sembraba en el rostro de los jóvenes, estaban muy contentos. Ninguno de ellos había volado, era la primera vez para ambos y esperaban impacientes para verse dentro del avión.

7

El viaje fue excelente. Fueron las más bellas vacaciones que pasaron juntos por primera vez. En realidad, disfrutaron mucho visitando diversos sitios turísticos, sobre todo, en familia.

Sinan consiguió muchos documentos escritos en español, Korotum pudo comprar muchos trajes y zapatos de tacones... En cuanto a Abú, se compró muchos pares de tenis... Todos estuvieron muy divertidos.

Sin embargo, al poco tiempo Abú se sintió un poco cansado, pero nadie le puso atención y cada vez se sentía peor. Entonces su padre lo llevó al hospital y allí le prescribieron algunos remedios para que siguiese un tratamiento, pero a pesar de todas estas medidas tomadas nada cambió. Lo hicieron ver de diferentes especialistas en salud y todos tenían diferente y hasta opuesta opinión; se preguntaban qué podría tener el muchacho.

Con el paso del tiempo, la enfermedad se volvía más grave día tras día y Abú se ponía más débil. Su hermano Sinan mezcló sus horas de llanto con profundo miedo. Todos temían de que llegara lo peor y, ¡ay, mil veces ay!, fue un miércoles, antes de regresar de las clases, que el ángel de la muerte visitó a Abú mientras que todos creían que estaba descansando. La primera persona en descubrirlo fue Sinan. En efecto, estaban en el salón y él pensó en ir a verlo a su habitación, y fue así que se dio cuenta de que había abandonado la cuerda, la cuerda de la vida, la cuerda de los espíritus vivos...

Sinan se sintió agobiado y triste como nunca lo había estado. No sabía cómo dar tan lamentable noticia a los padres de Abú, que no tenían más que a este como hijo biológico.

Los minutos pasaron sin que Sinan saliera de la alcoba, entonces Ben y su esposa sospecharon que algo malo ocurría y decidieron ir a ver lo que pasaba.

Korotum entró primero y enseguida vio a Sinan recostado a la pared con su cabeza agachada; entendió que tenía algo. Aceleró sus pasos, pidiéndole: "Dime, Sinan, ¿qué ocurre?". No le pudo responder Sinan, tan solo señaló con su dedo a Abú, sin alcanzar a levantar la cabeza.

Korotum tocó a su hijo, su tierna esperanza, el único hijo que había dado a luz, pero, lastimosamente, este no hizo un solo movimiento. Entendió que ya no estaba con vida y lanzó un enorme grito de dolor y desesperación... Entre tanto, Ben estaba con su teléfono haciendo una llamada; le informaban que había un incendio en su empresa y, en medio de tan abrumador percance, ahora encontraba que también había muerto su adorado hijo. En tan solo un momento, ¡todo se había convertido en una tormenta de malas noticias!

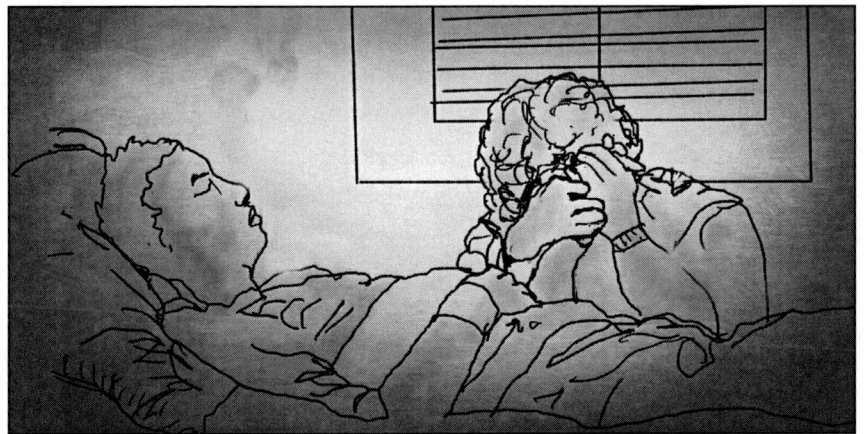

Los médicos vinieron a confirmar la muerte de Abú y, sin que mediara un milagro, efectivamente esa era la realidad.

Se llevaron a cabo los rezos religiosos y demás costumbres de duelo, para luego llevar los restos al campo santo y realizar el sepelio. Todo había finalizado cuando sonó el teléfono de Ben; ahora le informaban que de nuevo habían atacado sus mercancías que provenían del exterior. Era necesario saber que Ben había adquirido esas mercancías a través de créditos que luego tenía que pagar con las ventas.

Se trataba de mercancías que valían millones de francos y entonces tuvo que dirigirse directamente al banco para retirar todo lo que tenía en depósito; algo que no era sencillo porque para hacer depósitos en el banco era muy fácil, pero hacer retiros era otra cosa, como si no fuese su propio dinero. De cualquier forma, con el motivo que tenía, acabaron por aceptarle su solicitud.

Ben salía del banco mientras que dos hombres, sigilosamente, lo habían seguido hasta su coche; habían entrado inadvertidamente al vehículo y, cuando Ben entró, lo intimidaron ambos con sus armas, pidiéndole que les entregara el bolso del dinero. Ben trató de rogarles por todo lo que había tenido que hacer para reunir esa suma y su propósito, como si los ladrones fuesen conscientes de sus problemas... En breves momentos, sin que Ben les entregara el dinero, lo balearon ahí mismo y tomaron el bolso que contenía el dinero, marchándose en medio de disparos al aire para intimidar a la gente que observaba la escena y que no se les acercara...

Inmediatamente llegaron los médicos para atender a la víctima y haciendo preguntas que quedaban sin respuestas. También llegó la ambulancia para trasladar al herido de urgencia.

Desde el hospital informaron a la familia –Korotum y Sinan– acerca de lo ocurrido. Ben les había dado dinero para que retornaran en taxi a la casa y tuvieron que apresurarse a regresar de nuevo, esta vez hacia el hospital.

Hay que decirlo: a pesar de la agresión, Ben había quedado fuera de peligro...

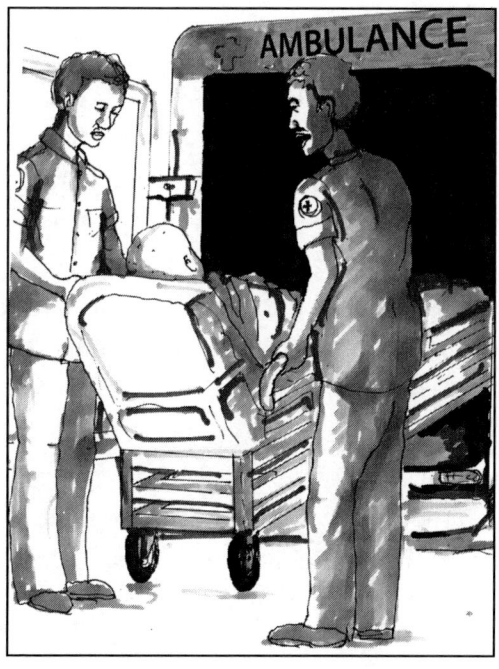

8

El balazo de Ben estaba curando y pronto regresaría a casa.
No obstante, Ben todavía tenía que reembolsar el dinero de
las mercancías y no sabía cómo. Llamó a muchos de sus
compañeros, pero solamente uno le contestó. Él le ayudaría
como pudiera.

***

Sinan estaba descansando en la alcoba, en compañía
del recuerdo de su amigo y hermano Abú. Imaginó que
estaban dialogando:

Abú: —¿Ahora estás solo?

Sinan: —No, tú estás conmigo. ¿Cómo puedo estar solo?

Abú: —Te entiendo. Ahora eres tú con quien cuentan nuestros padres y sé bien que están en buenas manos, ya que
eres una buena persona y también muy valiente. Podrás
hacer cosas que nunca podré hacer yo. ¿Sabes?, nunca
te voy a abandonar, hermano mío. Te quiero mucho para
abandonarte, pero cada uno de nosotros tiene su destino.
Cuéntame acerca de tus estudios.

Sinan: —Andan muy mal. Ahora que papá no está bien ni
física ni moralmente, todo está saliendo mal, pues. Voy a
la escuela sin lograr concentrarme en lo que nos explican
los profesores. ¿Tú también me extrañas mucho?

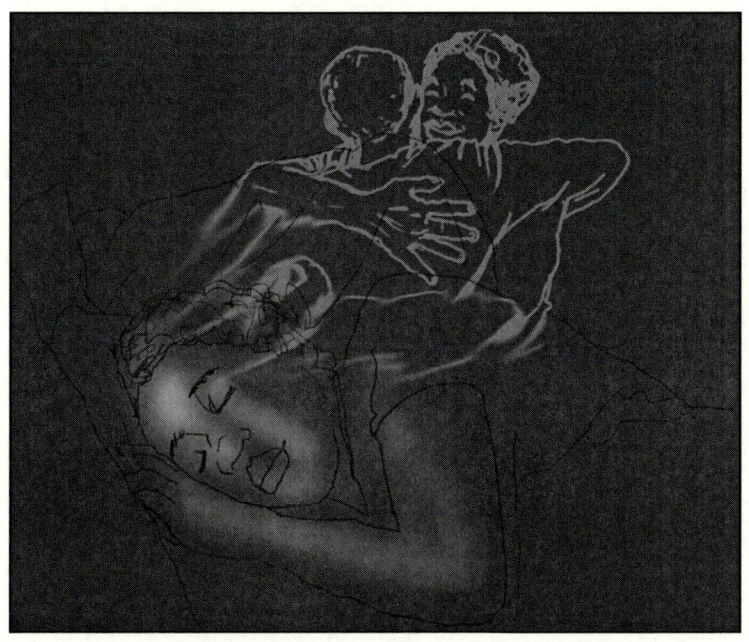

Tan interesante se tornó aquella conversación, que Sinan terminó hablando en voz alta. Desde la recámara de sus padres pudieron oír su voz. Muy sigilosamente, Ben se dispuso a espiar a Sinan; creía que se estaba comunicando por teléfono. No era así, estaba soñando.

Ben quería saber con quién podría estar comunicándose a esa hora de la noche, pero terminó cayendo en cuenta de que solo con Abú acostumbraba dialogar de tal manera. Por primera vez, Ben soltó sus lágrimas por la muerte de su hijo; al mismo tiempo, entendió más la relación que existió entre los dos jóvenes y el amor incondicional que les unía.

*

* *

Muy de mañanita y tras haberse saludado, Ben pidió a Sinan que le contara con quién había estado dialogando:

BEN: —Dime, hijo mío, ¿con quién estuviste hablando anoche?

SINAN: —Con nadie, papá.

BEN: —¿Estás seguro?

SINAN: —Sí, padre.

Y se silenciaron sus palabras...

BEN: —Vale –agregó, entendiendo que el chico quería guardar esta intimidad.

9

Los días avanzaron y así los bienes de Ben se evaporaron como humo. Ben, reconocido como uno de los hombres más ricos de la ciudad, ahora estaba en una situación económica muy terrible.

***

Los resultados finales del bachillerato comenzaron a salir y Sinan estaba clasificado dentro de los mejores bachilleres de la ciudad y del país, con mención honorífica. En reconocimiento a su esfuerzo, le fueron otorgadas algunas becas para que siguiese estudios en el extranjero, con base en los méritos y facultades en las que cada quien quisiera continuar. Sinan quería ir a Japón para seguir en una universidad de ese país, en Tokio, la capital. En efecto, él quería seguir en una facultad de informática y tecnología.

Sinan manifestó su deseo en casa y todos celebraron su decisión con entusiasmo, pero, a la vez, sus padres entristecieron, pues no tendrían a alguien que alegrara el hogar. Fue entonces Sinan quien hizo lo necesario para alegrarlos y animarlos, de tal manera que se resultaron más felices que tristes, pues comprendieron que se trataba del camino al éxito para su hijo.

Sus padres quisieron saber para cuándo sería el viaje, con el fin de prepararse:

BEN: —¿Para cuándo tendrá lugar ese viaje, hijo?

SINAN: —Quizás en unos tres meses, papá, y el Gobierno se encargará de todo.

BEN: —¿También de los gastos de subsistencia por allá?

SINAN: —Sí, de todo lo necesario.

Entonces la siguiente inquietud fue para su madre...

KOROTUM: —¿Y vendrás a vernos durante las vacaciones?

SINAN: —Eso solamente lo autorizan una vez. O si uno puede pagarse los gastos del viaje, pues no hay inconveniente.

BEN: —Japón es un país muy desarrollado, sobre todo en el dominio tecnológico y también en lo concerniente a la informática. Has hecho una buena elección. Son personas que aman mucho su cultura autóctona y todos se asemejan físicamente, ¡ja, ja, ja, ja!

Todos rieron alegremente y aún más cuando Koro añadió:

KOROTUM: —Con sus ojos dormilones

En adelante, las risas y la burla se intensificaron...

BEN: —Es solo para reírnos... pero son personas muy cálidas, atractivas, trabajadoras y, sobre todo, respetuosas.

SINAN: —Por fin se dicen sus maravillas...

10

Los tres meses transcurrieron y llegó la hora del viaje. Los padres de Sinan fueron a acompañarlo al aeropuerto y permanecieron allí hasta que el avión hizo su despegue. Muy sentidos, Ben y Korotum se refugiaron en un fuerte abrazo, como las sardinas en una lata.

***

Sinan llegó a su destino y llamó a sus padres para informarles acerca del viaje; pudieron hablar de todo con detalle. Casi todos los días Sinan los llamaba.

Durante los días de descanso, aprovechaba para ir a hacer algo que le representara un ingreso en yenes. Todo el mundo se deslumbraba con el buen comportamiento de Sinan. Tejió muy buenas relaciones a su alrededor, lo que le facilitó su inclusión en muchos aspectos y roles. Dichos trabajos le permitieron poder enviar cosas a sus padres desde aquel país. Ben pudo hacer nuevamente un préstamo en el banco y, con el dinero que les enviaba su hijo, incursionó en una actividad que les representaba otra vez la manera de vivir cómodamente.

Después de ocho años de esfuerzo y dedicación, Sinan se convirtió en un renombrado y prestigioso doctor en Japón. Las empresas en las que se desempeñaba tuvieron mucha prosperidad. Durante el tiempo de estudiante solo había podido visitar dos veces a sus padres, en vacaciones. Ahora que era independiente, había decidido regresar a su país por una buena temporada, ya que los trabajos informáticos, muchas veces, podía hacerlos a distancia.

11

El retorno de Sinan fue lleno de alegría, llevaba muchos regalos para sus padres y muchos conocimientos; ellos estaban muy dichosos. Korotum, en silencio, lamentaba todos los maltratos que había infligido a Sinan, pero él no tenía en cuenta nada de estas cosas desagradables y nadie se había enterado en la casa, aparte de él y la señora Koro. Ese día fue agasajado con mucho entusiasmo; estaban tan alegres que no querían que Sinan regresara al Japón. Querían saberlo:

KOROTUM: —Dime, hijo mío, ¿estarás por cuanto tiempo esta vez?

A lo cual, con tono burlón, agregó su esposo...

BEN: —¿Ya lo estás echando? –y soltó la carcajada.

KOROTUM: —Eso nunca. Solo quiero que se quede con nosotros. Recuerda cuántos años hace que no vive con nosotros.

SINAN: —No te preocupes, madre. Esta vez estaré para siempre, aunque saldré a veces para unos negocios fuera del país.

KOROTUM: —¡Oh, qué bien! No quiero perderte más de vista. Nos has dado toda la felicidad. ¡Qué Dios te recompense!

SINAN: —No hay de qué, mamá. Todo este éxito es para ustedes y para mi adorado hermano Abú.

BEN: —Lo mereces, hijo mío. Nos has respetado tal como lo hubiera podido hacer tu hermano Abú. Dios ha tomado a Abú, pero lo ha reemplazado contigo.

Korotum había dispuesto la mesa ella misma e invitó a los demás para que se acercaran a la mesa y se deleitaran juntos.

***

Tres meses más tarde, un viaje a La Meca surgió y Sinan les dijo a sus padres que viajaran para hacer el "Hadj" –un deber islámico para los musulmanes con el objeto de purificarse de los pecados, en Arabia Saudita.

Ben lo había hecho alguna vez, pero Korotum nunca; por esa razón el dinamómetro fue incapaz medir la fuerza de la alegría que animó a Korotum al escuchar eso.

***

Se fueron a cumplir el deber religioso los padres de Sinan y, aprovechando sus ausencias, hizo construir una casa para cada uno de ellos. Fueron casas muy bien hechas, construidas por arquitectos de sobrado renombre dentro del país; las casas estaban juntas. También rehabilitó la casa en la que habían vivido, cambiando pinturas y muebles.

En la Meca, Ben y Korotum habían cumplido sus deberes y debían regresar, por fin. Sinan estaba esperando en el aeropuerto para abrazar a sus padres, pero, de pronto, una noticia televisada anunciaba que un avión había sufrido un accidente en el que habían muerto todos los viajeros a bordo; desdichadamente era el vuelo de sus padres.

Allí, Sinan no sabía qué desear como no fuera la muerte. Él, que había perdido a su querida madre, luego a su querido amigo y hermano, y ahora a las personas que le habían hecho acariciar las más grandes esperanzas en medio de su espinosa vida, podía soportarlo todo, excepto eso. Entonces decidió el camino; iba plenamente decidido a dar fin a sus días, aunque fuese pasando por un horno o un molino.

***

Sinan estaba listo y decidido como un juez en una sentencia. Tomó una soga y la amarró a la rama de un árbol, luego puso la cuerda en torno a su cuello y, justamente, en ese momento, sonó su teléfono, que había olvidado apagar. Pensó que sería necesario platicar por última vez. ¿Quién llamaba? ¡Eran sus padres que le estaban llamando! ¡No habían alcanzado a tomar ese vuelo porque se habían quedado dormidos y ninguno de ellos despertó a tiempo! Ahora Sinan moría de alegría. Sin esperar más, se dispuso rápidamente a llegar a casa, elogiando a Dios incesantemente.

Sinan hizo rápidamente una transferencia a sus padres para que tomaran un otro vuelo de regreso. Llegaron sin novedad y Sinan estaba listo para agasajar a sus queridos padres. Ben y Korotum descendían del avión y, al verlos, Sinan corrió como una liebre, brincando sobre sus padres como lo hace un león sobre su presa.

Tan impresionado estaba por su vida angustiosa, que Sinan solo alcanzó a expresar: "¡Qué destino!…".

SEGUNDA PARTE

1

Sinan, ahora independiente, era él mismo quien se ocupaba de sus padres.

Cierto día Sinan fue invitado a una fiesta en Abiyán, capital económica de Costa de Marfil. En dicha fiesta conoció a una señorita que le llamó mucho su atención. Ocurrió entonces un inevitable intercambio de miradas con ella y ya podía adivinarse ese rayo de atracción entre ellos.

La fiesta terminó y Sinan quiso trabar amistad con esa señorita, pero se sintió desanimado. Decidió entonces abandonar ese deseo y se dirigió hacia la puerta de salida, encontrándose allí a un conocido del liceo, con quien entabló conversación por algunos minutos...

La tarde avanzaba lentamente, sumergiendo la calle en una luz cálida y dorada. Sin darse cuenta, Sinan y aquella señorita habían cruzado de nuevo su apresurado camino y, otra vez, se encontraban atrapados en la encrucijada de las miradas silenciosas. Pero ahora, el inevitable choque coincidía con su sonrisa instantánea, como si el destino hubiera orquestado este encuentro casual. Tras un momento de sorpresa compartida, Sinan tomó la iniciativa de romper el hielo.

Sin disimular el agrado y con otra cálida sonrisa, abordó conversación:

SINAN: —Bueno, supongo que finalmente nos hemos conocido de manera oficial, después de esas miradas furtivas.

FLORA, divertida por la situación, asintió, riendo: —Es cierto, tarde o temprano tenía que pasar. Mi nombre es Flora.

SINAN: —Encantado de conocerte, Flora. Soy Sinan. Es una agradable sorpresa conocer a alguien con quien, aparentemente, comparto el mismo camino.

La distancia ese hizo naturalmente más corta y la conversación se convirtió en una danza espontánea de preguntas y respuestas. Hablaron de todo, contándose desde los pequeños detalles de su día hasta los sueños que acariciaban.

El aire de la noche estaba cargado de una agradable ligereza, como si el cosmos les hubiera elegido para ese preciso momento. Sinan descubrió rápidamente que Flora tenía pasión por el arte y que era una ávida lectora. Flora, a su vez, supo que Sinan era un apasionado de la tecnología, de la informática y que, además, tenía un cariño especial por la cocina. Compartieron risas, anécdotas y momentos de complicidad que parecieron trascender en el tiempo.

A medida que la conversación cobró impulso, Sinan, con una sonrisa tímida, se ofreció a acompañarla hasta su residencia:

Sinan: —No quiero interrumpir esta conversación, pero si te parece bien, puedo dejarte en tu casa. Es lo mínimo que podemos hacer después de nuestro encuentro épico.

Flora, conmovida por el gesto, aceptó con una sonrisa agradecida. El coche de Sinan se convirtió en el escenario del resto de sus intercambios. Las calles transcurrían al sonido del suave murmullo del motor, mientras compartían historias de sus familias, sus viajes y sus proyecciones.

Al llegar frente a la casa de Flora, Sinan apagó el motor, pero la velada estaba lejos de terminar. Se sentaron en el coche, inmersos en una conversación que parecía una continuación natural de sus intercambios anteriores. El tiempo pasó y cada palabra compartida creó un vínculo que se hizo más fuerte con cada momento que pasaba. Cuando Flora estaba a punto de salir del coche, Sinan, con mirada sincera, le dijo algo que afectó sus palabras:

SINAN: —Fue realmente un placer conocerte, Flora. Espero que podamos hacer esto de nuevo algún día.

Asintiendo con una sonrisa radiante, ella respondió:

FLORA: —Es mutuo el placer, Sinan. Gracias por esta velada inesperada y agradable. Espero verte pronto.

Canjearon sus contactos y Sinan la dejó para regresar a su hotel. Se habían despedido con la promesa implícita de un encuentro futuro. Los astros, testigos mudos de este encuentro casual, parecían aprobar el inicio de una nueva historia, inscrita en la magia de momentos inesperados y conexiones que trascienden el azar. Luego pasaron casi toda la noche escribiéndose, hablando de muchas cosas que todavía quedaban con más recurso para proseguir.

Las cosas fueron más rápido y, día tras día, Sinan entendió que estaba enamorado de Flora. Era innegable que Flora también sentía algo por Sinan, ¿pero quién para dar el paso inicial?

Asumiendo su situación, Sinan tomó la decisión develar su sentimiento a Flora, invitándola a un lujoso restaurante. Ella, naturalmente, aceptó.

El encuentro se desarrolló en las condiciones esperadas, excepto que Flora no quería lanzarse a otra aventura luego de haber vivido una reciente experiencia angustiosa. Aún así, terminó por aceptar un nuevo intento con Sinan.

***

Todo era maravilloso entre Sinan y Flora en esta nueva aventura. Sinan aprovechaba esta corta estancia para hacer salidas con ella a los mejores restaurantes de la ciudad. Aprovecharon el fin de semana para visitar y descubrir la belleza natural del zoológico nacional...

FLORA: —¡Mira! ¡Es enorme!

SINAN: —Sin duda, un gran rinoceronte.

FLORA: —¡Mira lo feo que es!

SINAN: —¡Ja, ja, ja! ¡Te pareces bien! ¡Ja, ja, ja!

Flora –un poco nerviosa: —¿Qué?

SINAN: —Solo bromeando. ¡Sabes bien que eres la más bonita del planeta!

FLORA: —Esa broma es de mal gusto, sépalo. No me ha gustado.

SINAN: —¡Lo siento, amor!

FLORA: —Solo aceptaré cuando me des un cálido beso...

Sin perder tiempo, Sinan dio un fuerte beso en la esbelta mejilla de Flora para que aceptara sus disculpas.

La visita fue una corta experiencia para ambos; habían descubierto animales de los que nunca habían oído hablar ni ver en documentales...

A los pocos días Sinan tuvo que devolverse para seguir con el trabajo que le esperaba.

2

Solo en su coche y escuchando música, Sinan avanzaba hasta que en un pueblo la cara de una joven dama que quería cruzar la calle le llamó la atención. Pensó que la cara le era familiar. Sinan tocó la bocina y, toda inquieta, la dama se paró. Esta dama era la mujer de un hombre ebrio, muy celoso y bárbaro, que la golpeaba cada vez que la veía hablando con otro hombre.

Sinan bajó la ventanilla y la saludó. Ella también encontró familiar la cara de Sinan.

SINAN: —Buenos días, señora –todavía intentando recordarse de su cara.

LA DAMA: —Buenos días, señor –respondió, tan evidentemente atemorizada que se pudo sentir a través de su voz entrecortada.

SINAN: —No tengas miedo, señora. Es solo que su cara me parece familiar, como si la conociera –precisó, un poco entorpecido por su reacción.

LA DAMA: —No es que tenga miedo de usted. Tengo miedo es de que me vea mi marido hablando con usted –replicó, aterrada.

SINAN: —¿Cómo así? –inquirió, intrigado.

LA DAMA: —No se preocupe, señor –le dijo, un poco más serena–. No pasa nada, de todas formas eso es una costumbre. ¿Qué es lo que quiere saber?

SINAN: —Como te estaba diciendo, me parece familiar tu cara, pero no recuerdo bien.

LA DAMA: —Me ocurre igual, pero tampoco recuerdo.

Ambos buscaban en el baúl de sus recuerdos para encontrar algún detalle que los trajera a la memoria. Fue él quien soltó los primeros indicios...

SINAN: —¿Recuerda usted a Isabela, en clase de 3e?

LA DAMA: —Sí, fue mi vecina en la silla de atrás.

SINAN: —Bueno, yo soy Sinan, su amigo, el que les ayudaba hacer las tareas de casa.

LA DAMA: —¡Ehhhh, Sinan! –le dijo, en tono jovial– ¿Eres tú?

SINAN: —Sí, soy yo. Y estoy muy feliz de encontrarte otra vez. Recuérdame tu nombre, por favor.

LA DAMA: —Yo soy Verónica.

SINAN: —¡Sí, ahora lo recuerdo! –agregó, muy alegre.

Estaban muy felices de verse, como en época de pascuas. Sinan dejó su contacto a Verónica, escrito en un papelito, porque ella le dijo que no tenía teléfono, pero que lo llamaría a través del de una amiga.

Luego de algunos minutos más de conversación, Sinan pidió la ruta de ubicación a Verónica y prometió venir a verla algún día.

Sinan percibió que su amiga no se encontraba bien, pero no quiso correr el riesgo de abochornarla.

***

Todo continuaba prometedor entre los recién enamorados, Sinan y Flora, salvo la distancia que existía entre ellos, ya que vivían en distintas ciudades; pero eran fieles uno al otro y siempre intercambiaban como si estuvieran en una misma casa.

Sinan tenía estabilidad económica y, por consiguiente, por todo el amor que sentía por Flora, no quería que ninguna frontera más existiera entre ellos. Quiso casarse con Flora sin esperar más. Como lo pide la tradición africana, tuvo entonces que presentar a su bienamada a la familia y también le dijo a Flora que hiciera lo mismo con sus padres.

Todo se planificó bien para que el encuentro entre las dos familias tuviera lugar el mes siguiente.

***

Los días volaron, pero Sinan todavía continuaba intrigado por la tristeza que habitaba en la mirada de Verónica, así como el miedo que podía leerse en su cara. Sinan, un hombre de corazón dadivoso y con ideas de revolucionario, decidió cavar profundo e incluso cruzar, si era posible, el umbral de la vida de su vieja compañera de estudios. Por esa razón hay que decir que su encuentro con ella había sido un golpe del destino, una chispa que tal vez iluminaría, por supuesto, las tinieblas de su existencia.

***

Antes del encuentro de Flora con la familia de Sinan, en un fin de semana en que Sinan no tenía mucho que hacer, decidió ir a visitar a Verónica a su pueblo, que estaba a más de veinte kilómetros de la ciudad donde él vivía. Sinan intentó contactar primero con el número de la amiga de Verónica, desde el cual ella le llamó varias veces para saber de él. Como la llamada había tenido respuesta favorable, tomó entonces el camino hacia el pueblo de Verónica y en el camino compró provisiones para complacerla y también un teléfono nuevo, al que le puso un chip, porque ella le había dicho que no tenía teléfono.

Sinan había llegado a su destino y, como era costumbre en los pueblos, los niños salieron de todas partes a observar el hermoso auto de Sinan. Verónica había informado a su marido que iba a recibir una visita y este quiso mostrarse ese día como un buen marido, dándole recursos para cocinar y muchas cosas más. Sinan fue recibido como un rey, pero de un momento a otro, tras asegurarse de que a la vista un hombre tan rico no tenía nada que ver con una mujer como Verónica, Konan –el marido de Verónica– tomó su bicicleta para ir a su cita diaria en el famoso bar de refrescos del pueblo "para reponer fuerzas", como acostumbraba decir.

Verónica y Sinan permanecían sentados bajo el cobertizo del patio y fue en ese momento que Sinan comenzó las preguntas que le hicieron nudo en la garganta:

SINAN: —Cuéntame, ¿en qué trabaja tu marido?

VERÓNICA: —Es, es, es un comerciante... –respondió, tartamudeando, como buena esposa, para honrar la imagen de su hombre.

SINAN: —¿Y por qué tartamudeas tanto al decírmelo? –preguntó él, con mucha curiosidad– Dime la verdad: ¿Qué hace tu marido?

VERÓNICA: —De verdad, no hace nada en concreto. Solo va al campo durante la cosecha de anacardos y nunca nadie ha sabido adónde va ese dinero.

SINAN: —¡Qué pena! –manifestó él, aturdido– ¿Y por qué me lo querías ocultar?

VERÓNICA: —Sabes bien que las cosas maritales en nuestra sociedad deben quedar secretas entre el marido y su mujer.

SINAN: —¡Pero no, Verónica! Hay que hablar de esas cosas con alguien para evitar ciertas adversidades. Dime, ¿cómo te las arreglas con la alimentación entonces?

VERÓNICA: —Tengo mi pequeño huerto cerca del río, yendo hacia el pueblo vecino, y con ello logro resolver.

SINAN: —¡Madre mía! –exclamó, más intrigado aún– ¿Sufres así y cada vez que me llamas cuentas que todo anda bien? ¿Por qué haces eso, Verónica? Realmente, tenías que decirme con mucha antelación que las cosas no iban bien.
VERÓNICA: —Sí, no estoy bien, pero no te preocupes.
SINAN: —¿Hablaste de eso con tus padres?
VERÓNICA: —¿Ellos? ¡No, déjales donde están, por favor! –exclamó, con desespero y lágrimas– Si hoy me encuentro en tal situación, es porque ellos son la base de todo. Cuando me quejo, dicen que así es el casamiento...

SINAN: —¡Caramba! ¡No puedo creer lo que escucho! Me es preciso saber si fue algo forzoso.
VERÓNICA: —Claro que sí. Es el hijo del hermano de mi madre y si refutaba, me expulsaban de la familia.

SINAN: —¡Qué lástima! –susurró, conteniéndose para no dejar ver sus lágrimas, conmovido como estaba por esta historia– De verdad, no sé qué añadir.

VERÓNICA: —No te preocupes, ya estoy acostumbrada.

SINAN: —No me digas eso, por favor. ¡Qué lástima ver que tú que amaste tanto estudiar, tengas que vivir así! ¡Me deja sin palabras! Pero sepamos que de la misma manera que Dios creó los problemas, al mismo tiempo creó las soluciones.

VERÓNICA: —¡Espero que este tenga una solución!

Así era Verónica, quien a la sombra de las tradiciones que pesaban en su corazón, se encontró prisionera de una unión impuesta por su familia. Casada a la fuerza con un hombre cuyos sueños y aspiraciones no compartía, buscó desesperadamente una salida a su destino escrito de antemano.

***

Era natural, Verónica quiso saber si Sinan también estaba ya casado:

VERÓNICA: —Sinan –indagó, con curiosidad–, con todos los consejos que das y la opulencia en la que te encuentras, me pregunto si ya estás casado. Tu esposa debe ser afortunada.

SINAN: —Gracias, Verónica –respondió sutilmente y sonriendo–. No, todavía no estoy casado, pero aprecio tus palabras. El dinero es bueno, pero tener una buena mujer a mi lado es otra cosa.

VERÓNICA: —¿Y piensas casarte pronto? –quiso saber ahora, intrigada.

SINAN: —Ojalá lo permita Dios, sí –respondió, pensativo–. Encontrar a la persona adecuada es fundamental, incluso con toda la riqueza del mundo.

VERÓNICA: —Sinceramente te deseo lo mejor, Sinan –le auguró, sonriendo–. Espero que tu futura esposa aprecie todo lo que ofreces.

SINAN: —Gracias, Verónica. La riqueza material no es nada sin la felicidad familiar. Espero compartir esto con alguien especial pronto.

***

Sinan, tan sentido como estaba, había olvidado los regalos que había traído para su amiga y cuando quiso tomar algo de su vehículo fue que lo recordó. Pidió a Verónica que le ayudara a bajarlos del maletero.

SINAN: —Ten, es un teléfono y ya tiene puesto un chip.

VERÓNICA: —¿Qué? ¡Pero eso es mucho, Sinan!

SINAN: —No, no es nada. Solo tenemos que ayudarnos uno al otro.

VERÓNICA: —¡Qué Dios te devuelva cien veces más!

Verónica se llenó de una inmensa alegría y Sinan, igualmente, al verla sonreír. Ella guardó las provisiones en la casa y se sentaron nuevamente a conversar.

VERÓNICA: —Ya hemos hablado mucho de mí. Dime, ¿en qué te estás especializando ahora?

SINAN: —¡Ja, ja, ja! ¡Claro, nunca hablamos de eso! Bien, yo soy ahora informático y también emprendedor.

VERÓNICA: —¡Guau, qué bien! Estoy muy contenta por tí y no me sorprende, sobre todo. Todos sabíamos que tenías gran talento desde el colegio.

SINAN: —Yo no era el único. Tú también trabajaste muy bien en el colegio.

VERÓNICA: —No puedo negarlo, ¡ja, ja, ja! Tu madre debe estar muy orgullosa de ti hoy.

SINAN: —Sí, donde quiera que se encuentre...

VERÓNICA: —¿Acaso que ocurrió?

SINAN: —La perdí hace años.

VERÓNICA: —¡Oh, qué triste! ¡Lo siento! ¡Que descanse en paz!

SINAN: —Amén. No te preocupes.

VERÓNICA: —¿Y tu amigo Abú? Debe ser alguien muy destacado hoy, ya que tiene unos padres tan ricos.

SINAN: —Abú partió de este mundo hace años también –susurró, con una sonrisa triste.

VERÓNICA: —¡Madre mía, qué dices! ¡Puf, esta vida! No me atrevo imaginar tu tristeza y sobre todo la de sus padres –agregó ella, acongojada.

SINAN: —Así es, pero es la vida y no podemos cambiar algunas cosas del destino.

Aprovechó la ocasión para contarle la historia a Verónica, con el fin de que supiera que todas las personas pasan por circunstancias muy adversas en algún momento.

Ya Sinan había logrado su propósito: Verónica había entendido que a pesar de los lujos que había podido ver en su amigo, también él había tenido una historia muy triste; y eso le dio fuerzas para seguir adelante.

Después de un rato, Sinan anunció a Verónica que debía regresar. Ella estaba muy feliz por todo lo que le había ocurrido en esa jornada, aunque también entristecía por las malas noticias.

Antes de irse, Sinan le dejó un paquete con quinientos mil francos; prometió venir a verla en una próxima vez que fuese posible, pero que le señalase, sin embargo, cuando tuviera algún problema.

3

El día del encuentro entre las familias de Sinan y de Flora llegó. Sinan y su padres tuvieron que dirigirse hacia Abiyán para ver a los padres de su querida Flora. En cuanto a Flora, estaba, a la vez, contenta y miedosa de que sus padres aceptasen su casamiento con su bienamado Sinan. Al verla, se podía leer el agobio en su cara; en efecto, sabía del apego de su padre por las tradiciones y culturas.

***

De pronto, Sinan y sus padres llegaron a la casa del padre de Flora. Fueron recibidos calurosamente y se les invitó a ponerse cómodos en la sala, mientras que Flora permanecía en su habitación. Cabe anotar que en la mayor parte de las culturas africanas, cuando un hombre viene a pedir la mano de una mujer, ella no debe estar presente en el momento en que este es recibido.

Les brindaron algo de comer y todo lo necesario hasta que llegara el padre de Flora, que no se sentía bien de salud.

Después de la comida pasaron a dialogar acerca de cosas más concretas:

PADRE DE FLORA: —Antes decir lo que sea –dirigiéndose a Sinan–, les agradecemos por su presencia y estamos alegres de verlos aquí para discutir juntos sobre un tema tan importante. Sinan, eres un hombre maravilloso, pero hay tradiciones y costumbres que han guiado a nuestra comunidad durante generaciones.

Flora: — ¿Qué tradiciones, qué costumbres? –exclamó su hija, perpleja.

El padre de Flora se lamentó por lo que escuchaba y entonces su esposa tomó la palabra dirigiéndose a Flora:

Madre de Flora: —Te quedas callada cuando tu padre hable –retrucó, evidentemente enfurecida– ¿Comprendido?

Flora: —Sí, madre, pero....

Padre de Flora: —Flora, tú eres una djeli y Sinan es un peul –replicando, muy orgulloso de su esposa–. Según nuestras tradiciones, se desaconsejan tales matrimonios. Los peul y los djeli no suelen formar uniones matrimoniales.

Flora: —Espera –expresó su hija, muy sorprendida–, ¿estás rechazando nuestro matrimonio por nuestros orígenes?

Compasivamente, su madre argumentó:

Madre de Flora: —Flora, no es cuestión de negarse. Es simplemente un respeto hacia nuestras costumbres. Los matrimonios intercomunitarios pueden ser complicados.

Sinan: —Papá, mamá –replicó el novio, mirando a los padres de Flora–, entiendo la importancia de nuestras tradiciones, pero el amor que Flora y yo compartimos va más allá de estas diferencias.

Ben: —Sinan, entendemos tus sentimientos –interrumpió su padre–, pero las tradiciones están arraigadas en nuestra identidad. Entiendo al padre de Flora.

FLORA: —No puedo creer que nuestros orígenes puedan ser un obstáculo para nuestra felicidad –susurró la novia, decepcionada.

PADRE DE FLORA: —Por esa razón, antes nuestros padres impedían que los amantes no estuvieran presentes durante las pedidas de manos. ¡Miren cómo los niños de hoy toman la palabra sin el acuerdo de sus progenitores! ¡Qué lástima! Hoy estamos modernizando todo... Hasta las madres pueden venir y los interesados. Antes, todo eso se arreglaba entre hombres... ¡Qué época!

KOROTUM: —Es triste –atinó a decir la madre del novio, visiblemente conmovida–, pero creo que todos los padres quieren lo mejor para sus hijos y esperamos que los niños lo entiendan así. ¡Que ambos encuentren a alguien mejor en otro lugar!

***

La conversación terminó y las cosas no estaban de lado de dos personas que se amaban tanto. Era necesario entender que Flora, hija de un padre tan digno de su herencia, ahora estaba perdidamente enamorada de Sinan; pero este, a su vez, tenía raíces que pertenecían a una etnia que alguna vez había estado en conflicto con la suya. Su amor, floreciente como un jardín prohibido, despertó recuerdos de viejas disputas; pronto, sus familias, herederas de resentimientos pasados, descubrieron su relación prohibida.

En efecto, Sinan era de la tribu peul –fulani–, que son poblaciones nómadas y sedentarias, repartidas en territorios muy extensos del África occidental, desde Senegal hasta Chad. En cuanto a Flora, era djeli, un pueblo de África subsahariana, miembro de la casta de los poetas músicos viajeros, custodios de la cultura oral y con fama de estar en contacto con los espíritus.

Sin embargo, las antiguas tradiciones prohibían los matrimonios entre los fulani y los djeli, arraigadas en historias de antiguas rivalidades y diferencias culturales. El padre de Flora, incluso, afirmó ser de una familia respetada en su comunidad por honrar las tradiciones y culturas; además, la presión social era fuerte para preservar estas normas establecidas durante generaciones.

A pesar de su amor inquebrantable, Sinan y Flora se enfrentaban ahora a un dilema tan pesado, espinoso y desgarrador. Sabían que desafiar la tradición significaría alienarse de su comunidad, pero renunciar a su amor sería un dolor que no podrían soportar; por tanto, los dos amantes se encontraron en un mundo donde las fronteras étnicas dictaban sus destinos. A pesar de las barreras impuestas por sus respectivas familias, su amor incipiente fue una rebelión silenciosa contra los prejuicios. Se sentía la presión social y familiar. Flora y Sinan se vieron obligados a tomar una decisión desgarradora: renunciar a su amor o enfrentarse a las decisiones de la tradición.

***

Los días pasaron y Sinan estaba derrotado por esa decisión. Ir al trabajo no fue más una obligación diaria para él.

Sus padres, Ben y Korotum, intentaron animarle para sobrellevar este período tan difícil para él.
Ben: —Hijo mío, hace ya varios días que no trabajas ni hablas con alguien en esta casa. Entendemos bien lo que estás viviendo, ya que nosotros también estamos entristecidos por esta historia, pero esa no es la solución. Yo, personalmente, quiero ver al hombre tan valioso y fuerte que he conocido hasta hoy...

Sinan permanecía acostado sin decir nada, entonces su madre tomó la palabra:
Korotum: —Hijo mío, sabes que tu padre tiene razón. No sabes lo que sentimos también por esta historia, pero todo

lo que tienes que hacer es olvidarla; Flora no es la única mujer de este mundo.

Allí, seguramente, habría tocado un lado sensible de su hijo, pues Sinan despertó rápidamente para replicar:

SINAN: —Mamá: sí, Flora no es la única mujer del mundo, pero sí la única que mi corazón ha elegido.

Korotum y Ben se miraron uno al otro y entendieron que era mejor dejarlo solo un momento.

4

Con el peso de una depresión aplastante, Sinan encontró un rayo de esperanza en el llamado desesperado de su amiga Verónica, quien se enfrentaba a los demonios del alcoholismo de su marido. Sin dudarlo, Sinan se dirigió al tranquilo pueblo de Verónica para enfrentar este calvario. Armado de compasión, se esforzó por resolver los tormentos que acosaban la casa de su amiga.

Cuando llegó, reunió a Verónica y a su esposo para una conversación tranquila y sabia. Con palabras mesuradas, Sinan abordó con delicadeza el tema, ofreciendo su apoyo incondicional y expresando su sincero deseo de ayudarles a superar esta dura prueba.

La presencia alivió las tensiones y creó un espacio donde pudiera florecer el intercambio y el entendimiento mutuo. A lo largo de la conversación, Sinan compartió experiencias similares de lucha contra demonios internos, estableciendo así una conexión profunda con la pareja angustiada.

VERÓNICA: —Sinan, gracias por venir tan rápido. Konan no está bien y ya no sé cómo ayudarlo.

SINAN: —Verónica, estoy aquí para ayudarles a ambos. Siéntense, por favor. Tenemos que hablar de esto juntos.

Tomaron asiento en medio de un ambiente cargado de ansiedad...

Sɪɴᴀɴ: —Konan, Verónica me explicó lo que está pasando. Sé que la lucha contra el alcoholismo es difícil, pero no estás solo en esta terrible experiencia. Sepas que el alcohol no resuelve los problemas, los encubre; es hora de enfrentarnos a estos demonios juntos. ¿Qué te impulsa a buscar esta vía de escape, amigo mío? ¡Mira cómo maltratas a esta maravillosa señora! No sabes la suerte que te ha dado Dios...

KONAN: —Ya no sé qué decirte, Sinan –respondió, bajando la cabeza–. Es más fuerte que yo.

SINAN: —Estamos aquí para apoyarte, Konan –le recordó, colocando una mano en el hombro de Konan–. Verónica se preocupa profundamente por ti y vuestro vínculo es más fuerte que cualquier desafío. Hablar abiertamente de tus sentimientos puede ser el primer paso hacia la curación.

VERÓNICA: —Con toda honestidad, no amo a Konan y él lo sabe bien –repuso ella, afligida y con un toque de tristeza–, pero es él a quien han elegido mis padres y hasta ahora ha sido mi marido; por eso no puedo verlo destruyéndose así.

SINAN: —El amor es una fuerza poderosa, pero también requiere voluntad de cambiar. Konan –le preguntó, mirando a Verónica–, ¿ves el dolor que le estás causando?

KONAN: — Sí y me desgarra el corazón –respondió, avergonzado y mirando hacia abajo.

SINAN: —La sabiduría radica en comprender que el camino hacia la curación comienza con un deseo sincero de cambiar. Háblanos abiertamente sobre tus miedos y aspiraciones.

VERÓNICA: —Aunque no sienta real amor por ti –concluyó–, verte sufrir me desgarra el corazón. Sinan está aquí porque quiere ayudarnos a superar esto juntos.

SINAN: —Exacto. El poder del amor y la comprensión es inmenso. Konan, ¿qué te impulsa a beber? Hablemos de esto sin juzgar.

Konan dudó por un momento, pero luego comenzó a compartir sus pensamientos y luchas internas.

SINAN: —Gracias por compartir, Konan. Verónica, sé que tú también tienes sentimientos e inquietudes. Hablemos de lo que ambos pueden hacer como equipo para superar esto.

VERÓNICA: —Necesitamos encontrar maneras de enfrentar estos desafíos juntos –afirmó, tomando la mano de Konan–. Sinan, ¿qué sugieres?

SINAN: —Creen momentos de conexión, actividades que disfruten haciendo juntos. Comuníquense abiertamente sobre sus emociones y encontrarán apoyo mutuo. Juntos pueden superar esto.

***

Lleno de ingenio, Sinan llegó, incluso, a proponer formación laboral a Verónica y su marido: una idea original para curar heridas y abrir nuevas perspectivas.

SINAN: —Después de todo lo que hemos dicho, ahora tengo algo que ofrecerles; algo que podría abrirles nuevas perspectivas a ambos.

VERÓNICA: —¡Oh, eso es interesante! ¿De qué se trata?

SINAN: —Pensé en formación en pastelería. Esta podría ser una oportunidad para desarrollar nuevas habilidades y explorar nuevos horizontes de vida.

KONAN: —¿En pastelería? –preguntó, intrigado– Es una idea original, Sinan, pero, ¿cómo podría ayudarnos esto?

SINAN: —Hornear no es solo una habilidad culinaria. También es una vía creativa que podría permitirles expresar sus talentos de una manera única. Además, podría abrir puertas a oportunidades profesionales, como iniciar su propio negocio de repostería.

VERÓNICA: —¡Eso suena muy interesante! –enfatizó, entusiasmada– Siempre me ha encantado cocinar y aprender a hornear podría ser una forma divertida de hacerlo.

SINAN: —Exacto, Verónica. Y tú, Konan, imagina poder crear postres excepcionales; tal vez, incluso, vender tus creaciones y convertir esta pasión en una nueva carrera.

KONAN: —Así es, no lo había pensado de esa manera –asintió, sonriendo–. Esta podría ser una oportunidad para cambiar nuestras vidas.

SINAN: —Esa es la idea. La vida está llena de oportunidades; a veces solo necesitas descubrir nuevas pasiones para cambiar el curso de las cosas. Hornear podría ser esa oportunidad para ambos.

VERÓNICA: —Gracias, Sinan. Es muy generoso de tu parte pensar en nosotros de esta manera.

SINAN: —Creo en tus talentos y potencial. La formación en pastelería podría ser el comienzo de una apasionante aventura. ¿Qué dices?

KONAN: —Estoy dispuesto a intentarlo –agregó, mostrándose muy resuelto–. Realmente podría traer cambios a nuestras vidas.

VERÓNICA: —Yo también, la verdad –reafirmó, con esa sonrisa de esperanza–. Aunque ya has hecho mucho por nosotros, Sinan, y también tienes que gestionar tu propia vida. Estás haciendo demasiado; además, incluso, temo que Konan me avergüence aún más porque no pueda prescindir del alcohol. Pero siempre quiero agradecerte, Sinan, por esta propuesta y todo el cambio que ya has traído a nuestra vida de pareja.

SINAN: —Por favor, no digas eso, Verónica. Sabes que han pasado días en los que tú también me ayudaste mucho. Quizás aún no lo sepas, pero tantos regalos me diste cuando aún íbamos al colegio, los panes bien rellenos…

VERÓNICA: —No niego eso, pero creo que estás exagerando.

KONAN: —¡Tranquila, Verónica! –exclamó, en tono concluyente, para que ella no perdiera esta oportunidad– He cometido muchos errores y sé que no será fácil superar esta adicción, pero con tu ayuda puedo hacerlo. Te prometo, con toda sinceridad, cambiar e incluso hacer que me ames.

La sonrisa grata y complaciente de todos fue unísona…

SINAN: —Estoy aquí para apoyarlos en cada paso del camino. Hornear podría ser la clave para abrir nuevas puertas y crear un futuro lleno de delicias.

5

Mientras el anochecer teñía el cielo de tonos dorados, Sinan regresó a la ciudad, después de un día ajetreado como consejero de Konan y de su esposa, Verónica.

En la soledad de su auto dejó escapar un suspiro de alivio, tranquilizándose gradualmente con el relajante sonido de la música que llenaba la cabina. Los exuberantes campos y paisajes verdes, ensombrecidos, pasaban por las ventanas de su auto creando un lienzo tranquilo para sus pensamientos. Sinan, un hombre de sabiduría y calma, muchas veces encontraba en estos momentos de soledad una especie de meditación personal, un espacio para reflexionar y recargar energías. Sin embargo, en medio de esa tranquilidad, el teléfono de Sinan vibró.

Sinan contestó y la voz de Flora, su amante prohibida, sonó al otro lado de la línea; pero esta vez el tono de su voz era diferente, lleno de tristeza y pena: "—Sinan... no sé cómo decirte esto. Mi padre se fue. Una crisis repentina se lo llevó".

El flujo de la música se apagó, dando paso a un silencio elocuente mientras Sinan absorbía la noticia. El escenario pacífico que lo rodeaba pareció desvanecerse, reemplazado por una atmósfera teñida de tristeza. Manteniendo su calma natural, respiró hondo y en voz baja le preguntó en dónde estaba ella ahora. Él se encontraba lejos, pero la necesidad de unirse a ella, de compartir el dolor que caía sobre ella, era esencial.

***

Tras esta llamada, Sinan sintió una oleada inmediata de preocupación y compasión. Sin dudarlo, tomó la decisión de ir rápidamente a Abiyán para apoyar a su amada en este momento difícil. Preparándose rápidamente, eligió ropa sencilla y que simbolizara el respeto y la compasión que sentía por la familia de Flora.

La ciudad se extendía frente a él, mientras su mente estaba inmersa en la perspectiva de acompañar a Flora en el funeral de su padre.

Durante el trayecto, Sinan no solo aportó su reconfortante presencia; organizó una delegación entre sus compañeros de servicio, consciente de la necesidad de un apoyo colectivo. Juntos, reunieron provisiones, flores y otros artículos simbólicos para expresar su solidaridad con la afligida familia.

A su llegada, Sinan y sus colegas fueron recibidos en una atmósfera de tristeza. Las palabras no podían consolar a Flora completamente, pero la presencia tangible de amor y apoyo ofrecía algo del sosiego que tanto necesitaba.

Sin embargo, Kasum, el tío de Flora, al observar esta muestra de unidad y compasión, percibió una malévola oportunidad. Hombre manipulador, como era, comenzó a tejer su traicionera red, manejando hábilmente a la madre de Flora; sugirió que si Flora se casase con él, sería una forma de garantizar apoyo y estabilidad continuos en esos tiempos difíciles. La madre, vulnerable y buscando respuestas en ese momento convulso, se dejó convencer por los pérfidos argumentos del tío.

Bajo la influencia de Kasum, comenzó a considerar el matrimonio de Flora con este como una solución pragmática, mientras Sinan, ignorando las maniobras de Kasum, continuaba apoyando a Flora con empatía y comprensión.

La tragedia de la muerte del padre de Flora había creado un espacio donde el amor genuino y el apoyo incondicional chocaban con fuerzas más oscuras y manipuladoras. Ahora, el futuro de Flora parecía entrelazado con cuestiones que estaban más allá de la tristeza del funeral.

***

Mientras que de este lado el ambiente era invadido de gran tristeza, del lado de Lamakro –el famoso pueblo dónde vivía Verónica y su esposo– se vivía una minúscula alegría interna. Verónica, que alguna vez se había sentido alejada emocionalmente de Konan, debido a su adicción al alcohol y a los maltratos que ocurrían a su lado cuando estaba ebrio, había comenzado a ver una transformación positiva.

En tan solo algunos días, las conversaciones abiertas sobre sus miedos y esperanzas fortalecieron el entendimiento mutuo. La sobriedad se convirtió en el terreno fértil donde, finalmente, podían florecer el amor y la confianza. Los momentos compartidos sin la sombra del alcohol se convirtieron en momentos preciosos, salpicados de risas y discusiones significativas.

En efecto, persuadido por los sinceros consejos de Sinan, el amigo de su esposa, y los preocupados reproches de su amada, Konan decidió hacerse responsable de su vida. En apenas unos días, una voluntad que parecía inquebrantable lo empujó a iniciar la difícil lucha contra su adicción al alcohol.

Guiado por la determinación y el apoyo incondicional de su esposa, Konan ahora enfrentaba los desafíos diarios con valentía. Las tardes y los días que recientemente habían estado ahogados por el exceso de alcohol ahora los dedicaba a momentos de profunda reflexión y reconexión con él y con su esposa.

Cada paso hacia la sobriedad fue una victoria personal para Konan, reforzada por la mirada atenta de Verónica, quien, a pesar de los reproches del pasado, ahora veía un brillo de cambio en los ojos de su marido. Los tiempos difíciles se estaban superando gracias a la nueva resistencia de Konan y a la sincera amistad de Sinan.

Con el paso de los días, Konan redescubrió la alegría por las pequeñas cosas de la vida. Los encuentros con Sinan se convirtieron en momentos de intercambio y estímulo mutuo. Cada amanecer era un recordatorio de su nuevo comienzo, marcando el advenimiento de una vida con menos dependencia. Los reproches de ayer comenzaron a transformarse en palabras de aliento y amor por parte de su esposa.

**

Una noche, cuando estaban acostados, Konan quiso hablar con Verónica a fin de arreglar las cosas entre ellos:

KONAN: —Verónica –dijo, con voz vacilante–, necesito hablar contigo.

VERÓNICA: —¿Qué pasa, Konan? –respondió, con gesto evidente de curiosidad.

KONAN: —Quiero disculparme por todas las veces que te lastimé –dijo, con tono de arrepentimiento–. Mi comportamiento bajo los efectos del alcohol es imperdonable.

VERÓNICA: —He estado esperando que dijeras eso durante mucho tiempo. ¿Por qué ahora?

KONAN: —Me di cuenta de cuánto arruiné nuestra relación –agregó, en medio de un profundo suspiro–. Es muy cierto y sé que no me amas desde nuestra unión, pero eso, incluso, podría cambiar si adoptara buenos modales contigo. Aunque no me amas y nunca lo ocultaste, siempre fuiste una buena esposa para mí y hasta tuviste que defenderme cuando algunas personas me llamaban borracho. Ya no quiero ser esa persona.

Pero ella, sin vacilar ni ocultar tampoco su desafiante sospecha...

VERÓNICA: —Las palabras, Konan, siempre son palabras. ¿Cómo sé que realmente cambiarás?

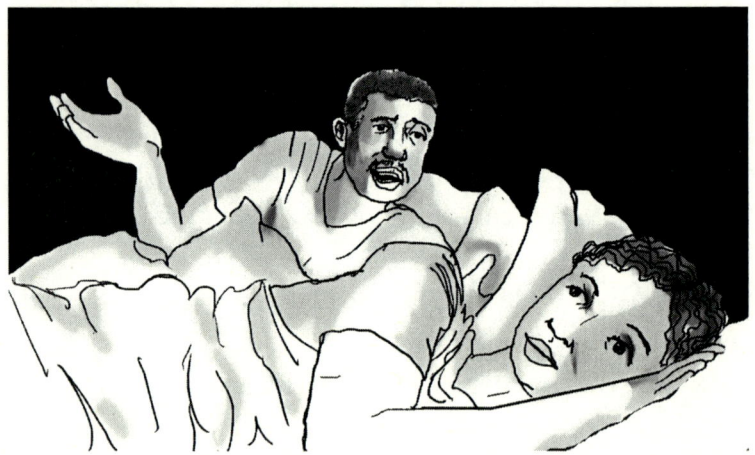

KONAN: —Sé que las palabras no son suficientes –respondió, muy afectado–. Es a través de mis acciones que quiero mostrarte que estoy listo para cambiar. Quiero ser el hombre que te mereces.

VERÓNICA: —Es un largo camino, Konan. Las cicatrices tardan en sanar –agregó, pensativa.

Pero su esposo, muy resuelto a asumir ese cambio, respondió:

KONAN: —Lo sé. Pero quiero que sepas que estoy dispuesto a hacer lo que sea necesario para construir nuestro amor.

VERÓNICA: —Realmente, espero que seas sincero, Konan –asintió, conmovida–. Porque quiero creer en ti.

KONAN: —Entiendo que las palabras no son suficientes –mostrando, sin lugar a dudas, su remordimiento–. Voy a trabajar duro para recuperar tu confianza, Verónica. Te amo y no quiero volver a lastimarte nunca más.

6

Con el paso de los meses, Verónica y su marido comenzaron a seguir la formación pastelera ofrecida por Sinan.

Las barreras iniciales dieron paso al deseo de cambio y al deseo de una vida mejor. Las enseñanzas de Sinan se convirtieron en el catalizador de una profunda transformación, tanto para Verónica como para su marido.

Verónica, inicialmente escéptica ante esta inesperada posibilidad, observaba con asombro los cambios que se estaban produciendo en su marido.

La formación ofrecida por Sinan demostró ser mucho más que una simple mejora profesional. Fue un renacimiento, una oportunidad para Konan de descubrir sus pasiones y forjar su propio camino.

***

Konan, liberado de las cadenas de la adicción, mostró aspectos de su personalidad que Verónica nunca había tenido la oportunidad de descubrir. Con el tiempo, Verónica comenzó a apegarse a la persona en la que Konan se había convertido. Su resiliencia y compromiso por hallar una vida sobria allanaron un camino hacia el afecto que crecía día a día.

La mirada de Verónica, antes sobresaltada por la preocupación, se transformó en un brillo cálido, reflejando una nueva y profunda conexión con su marido. La pareja, que había pasado por las tinieblas del alcoholismo, emergió a la luz de una relación renovada.

La sobriedad se convirtió no solo en un acto individual de curación para Konan, sino también en una fuerza que cimentó el amor entre él y Verónica.

Al abandonar la pesadumbre del alcohol, habían encontrado el camino hacia una auténtica intimidad y complicidad, que trascendía las pruebas del pasado.

***

Con el tiempo, la familia de Verónica, asombrada por las transformaciones positivas, empezó a cuestionar sus propios prejuicios. El amor y la compasión de Sinan habían logrado romper las cadenas de esa forma de opresión tradicional.

Con el paso de los días se formó una conexión inesperada entre Verónica, Konan y Sinan. Este improbable trío se convirtió en una fuerza unificada que desafió las expectativas de la sociedad. Las barreras erigidas por la tradición comenzaron a desmoronarse, dando paso a una nueva comprensión y vínculos forjados por la libertad de elección en todo el pueblo.

***

Verónica y Konan habían pasado varios meses perfeccionando sus habilidades de repostería, gracias a la formación impartida por Sinan. A pesar de los desafíos enfrentados durante su aprendizaje, lo habían completado con éxito y estaban listos para comenzar una nueva aventura en el mundo de la pastelería.

Cierto día, después de varios meses de no verse, Sinan decidió visitar a Verónica y a Konan. Sinan llegó con una doble sorpresa que cambiaría sus vidas: primero, anunció con entusiasmo su boda, que había sido prevista para el mes siguiente, compartiendo la alegría de este nuevo capítulo en su vida con sus amigos de siempre. Pero la segunda noticia fue aún más sorprendente: Sinan reveló que había comprado un terreno en las cercanías del pueblo; este terreno se convertiría en el escenario ideal para hacer realidad un sueño compartido: abrir el primer restaurante-pastelería del pueblo y sus alrededores.

Verónica y Konan quedaron asombrados por la generosidad de Sinan y la oportunidad que se les presentaba.

***

Mucho antes de que tomara forma el restaurante-pastelería prometido por Sinan a Konan y Verónica, un delicioso rumor ya había comenzado a correr en el pequeño pueblo: las noticias sobre las excepcionales habilidades reposteras de Konan y Verónica se habían extendido como pólvora, y los lugareños no podían resistir la tentación de sus dulces creaciones.

Los primeros pedidos de tartas comenzaron, tímidamente, para las fiestas locales. Los aldeanos rápidamente descubrieron que los talentos de Konan y Verónica excedían con creces sus expectativas. Los cumpleaños se celebraron con pasteles artísticamente decorados, mientras que las bodas se adornaron con lujosas creaciones, que rápidamente se convirtieron en la firma del dúo.

Pronto, la fama de Konan y Verónica traspasó las fronteras del pueblo. Los vecinos de los pueblos vecinos, atraídos por la creciente reputación de la pareja como pasteleros excepcionales, comenzaron a viajar para hacer pedidos especiales. La pequeña pastelería de Konan y Verónica, que habían conseguido administrar juntos con lo poco que habían ganado con los primeros pedidos, se había convertido en una auténtica joya culinaria que atraía a los *gourmets* de los alrededores.

Los pedidos llegaban de todas direcciones. Ya fuese para celebraciones alegres o momentos más solemnes, Konan y Verónica respondieron con una creatividad y experiencia comparables, surgida solamente de su pasión por la repostería. Los estantes de su tienda estaban constantemente llenos de dulces obras maestras que hacían babear a los clientes que esperaban.

La notoriedad de la pareja ya no se limitaba al ámbito local. Comenzaron a aparecer artículos elogiosos en publicaciones regionales, convirtiendo a Konan y a Verónica en verdaderas celebridades de la pequeña región.

Su humilde tienda se había convertido en un lugar de peregrinación para los amantes de la pastelería, atrayendo, incluso, la atención de Sinan, que estaba encantado de ver el éxito inicial de sus amigos. Así, mucho antes de la inauguración del tan esperado restaurante pastelero, Konan y Verónica ya eran las estrellas en ascenso del panorama dulce, encantando los corazones y las papilas gustativas de todos aquellos que tenían la suerte de probar sus exquisitas delicias.

***

Estábamos ahora a tan solo tres días del casamiento de Flora y Sinan. Bajo la suave luz de la primavera, meses después de la muerte del padre de Flora, la atmósfera estaba llena de emociones encontradas mientras se llevaban a cabo los preparativos para la boda.

La casa de Flora estaba llena de la gozosa emoción propia de la proximidad de una unión sagrada. Flora, a pesar del dolor persistente por la pérdida de su padre, irradiaba un rayo de esperanza mientras se preparaba para el gran día. Sus seres queridos estaban ocupados a su alrededor, asegurándose de que cada detalle fuera perfecto.

Los colores vivos de las flores decoraron cada rincón, aportando un toque de alegría y renovación. En el cuarto de costura, Flora se estaba probando su vestido de novia; una obra maestra de delicado encaje que parecía reflejar su propia belleza interior. Su madre, todavía marcada por el luto, le sonrió con orgullo teñido de tristeza.

Mientras tanto, Sinan, rodeado de sus amigos más cercanos, ultimaba los detalles de la boda. No pudo evitar sentir una profunda gratitud hacia la familia de Flora, que lo había recibido calurosamente a pesar de la persistente sombra de dolor.

Las invitaciones, elegantemente adornadas, se distribuyeron cuidadosamente y amigos y familiares acudieron en masa para celebrar este nuevo hito en las vidas de Flora y Sinan. La casa resonó con risas y preparativos, creando una burbuja de amor y apoyo en torno al futuro de la pareja.

***

Sinan, mientras se entretenía en los preparativos de su matrimonio con Flora, llevaba una profunda tristeza en su corazón. El motivo de esta melancolía radicaba en la ausencia de su difunto amigo y hermano, Abú, quien debería haber estado a su lado compartiendo la felicidad de preparar juntos su boda.

Con cada decisión tomada, con cada detalle planificado, Sinan no podía evitar imaginar los momentos en los que él y Abú deberían haber sido cómplices. La tristeza se coló en las alegres salas de reuniones, dejando un vacío tangible donde debería haber resonado el eco de la risa de Abú.

Sinan, a menudo, se perdía en sus pensamientos, imaginando cómo se habrían reído juntos de los desafíos de los preparativos, compartiendo anécdotas sobre el amor y la vida matrimonial. La visión de una boda doble, celebrada juntos, hizo que una sonrisa empañada por la tristeza apareciera en el rostro de Sinan.

Los momentos más difíciles fueron durante decisiones cruciales, como la elección del traje de boda. Sinan imaginó las carcajadas de Abú mientras se probaban diferentes conjuntos, comentando con humor el simbolismo de cada detalle.

Sin embargo, incluso en medio de esta tristeza, Sinan encontró consuelo en los cálidos recuerdos de su amigo; honró a Abú incorporando, sutilmente, elementos que reflejaban aquella amistad que se había transformado en hermandad.

En medio de este dolor, otra sombra apareció en su mente: la de su difunta madre. Los pensamientos revueltos de su amigo fueron acompañados por el suave eco de un consejo maternal. Sinan recordó los tiempos en que su madre había tejido sueños para él, alimentando su espíritu con ambiciones y amor incondicional.

Mientras las lágrimas llenaban sus ojos, imaginó la radiante sonrisa de su madre, como si lo estuviera cuidando desde el más allá. Habría estado muy orgullosa de ver a su hijo evolucionar, verlo crecer y lograr hazañas que siempre había sabido que eran posibles.

En medio del tumulto de sus emociones, surgió un rayo de esperanza. Sinan se veía a sí mismo casándose en unos días: un momento que su madre habría apreciado. Sintió una mezcla agridulce de felicidad y tristeza, consciente de que su madre no estaría físicamente presente para compartir ese momento tan especial.

Sin embargo, en el crisol de su tristeza, Sinan sacó nuevas fuerzas y tomó la determinación de honrar la memoria de su madre y de su amigo. Cada logro, cada sonrisa compartida, estaría dedicada a quienes tanto lo amaban. Así, se preparó para avanzar hacia el futuro, cargando el peso de sus recuerdos con la determinación de crear un futuro imbuido de su amor y enseñanzas.

***

En cuanto a Ben y Korotum, eran seres llenos de sincera alegría y profunda tristeza mientras miraban hacia el inminente matrimonio de Sinan. Su único hijo biológico, Abú, había dejado este mundo demasiado pronto, dejando un enorme vacío en sus vidas.

Cada preparación para la boda de Sinan fue para ellos una deslumbrante contradicción de emociones. La perspectiva de ver a Sinan —a quien consideraban un hijo— emprender una nueva vida llenó sus corazones de una alegría inconmensurable. Las carcajadas y los momentos compartidos con Sinan despertaron en ellos recuerdos de energía juvenil, recordando los años en los que Abú y Sinan eran inseparables.

Sin embargo, esa alegría se vio constantemente eclipsada por una sombra de tristeza. En cada etapa de los preparativos se encontraron con la ausencia de Abú, que debería haber estado allí, manteniendo una complicidad única con Sinan. Las visitas para pruebas de vestidos de novia, degustaciones de pasteles y selección de flores, evocaron recuerdos de tiempos compartidos con Abú, pero la cruel realidad persistía: su amado hijo no estaría allí para experimentar esta felicidad con ellos.

Las discusiones nocturnas entre Ben y Korotum, a menudo, se convertían en reminiscencias de Abú. Recordaron su risa contagiosa, su desbordante amabilidad y cómo, sin duda, habría sido el padrino de boda de Sinan. Las fotos de Abú, cuidadosamente enmarcadas en la casa, parecían observarlos, creando un diálogo silencioso entre pasado y presente.

La elección del traje de boda de Sinan fue particularmente conmovedora: la Sra. Khalid no pudo evitar pensar en Abú y en sus perspicaces consejos cuando se trataba de ropa elegante. Las silenciosas lágrimas de Ben y su querida Korotum hablaron de la lucha interna entre la gratitud por la alegría presente y el dolor persistente por la ausencia de su amado hijo.

Los padres de Abú, a pesar de su dolor, estaban decididos a celebrar la boda de Sinan con todo el amor e ilusión posible. Dejaron de lado su dolor personal para ser pilares de apoyo para Sinan, sabiendo que Abú hubiera querido que su mejor amigo tuviera una celebración memorable.

A medida que se acercaba el día de la boda, las emociones de los padres de Abú estaban alborotadas. La mirada de complicidad que intercambiaron cuando vieron a Sinan listo para comenzar este nuevo capítulo en su vida estuvo marcada por una admiración opacada por la tristeza. Pero hay que decir que Ben y Korotum, a pesar del dolor persistente por la falta de su hijo Abú, encontraron un rayo de felicidad en el profundo vínculo que compartían con Sinan. La consideración y el respeto que mostró hacia ellos, desde que pasó a formar parte de su familia, habían creado un puente sólido entre el pasado doloroso y el presente prometedor.

Cada etapa de los preparativos de la boda de Sinan estuvo marcada por la cálida presencia de Ben y Korotum. Habían encontrado en Sinan un hijo espiritual, una figura que, aunque incapaz de reemplazar a Abú, había traído una energía nueva y positiva a su hogar. Las reuniones familiares en torno a cada elección acerca de la boda estuvieron impregnadas de la sabiduría adquirida a lo largo de los años y de la mirada atenta de Sinan, dispuesta a honrar las tradiciones familiares y al mismo tiempo infundir un toque moderno.

La tristeza de que Abú no estuviera allí para celebrar la boda junto a Sinan fue compensada por la gratitud de ver a sus padres comprometidos en una unión amorosa. Ben y Korotum veían a Sinan como una extensión de su propia familia y cada sonrisa compartida era un tributo tácito a la memoria de su difunto hijo.

La elección del lugar de la boda se convirtió en un símbolo de esta estrecha unión. Ben y Korotum, con Sinan a su lado, descubrieron lugares que evocaban recuerdos en relación con Abú. En efecto, en los recuerdos de Abú, lo había invadido un sueño persistente: el de una habitación impregnada de romance y elegancia, el escenario perfecto para celebrar su sagrada unión. Con la imaginación aplicada en las paredes de estas habitaciones, estas estaban adornadas con delicados diseños y bañadas por el suave brillo de los centelleantes candelabros; mientras que flores exóticas embellecían cada habitación. Era una visión en la que el amor estaría entretejido en cada detalle.

Sin embargo, se esperaba la disponibilidad de otros planes. Como Abú ya no estaba en este mundo, Sinan, guiado por el deseo de cumplir los sueños de su amada, había iniciado una búsqueda para encontrar el lugar ideal. Sus pasos lo habían llevado a una sala igualmente magnífica, llamada El Jardín del Amor.

Esta habitación, envuelta en una aura mágica, evocaba el mismo esplendor que los sueños de Abú. Las paredes, decoradas con hilos que recuerdan diseños imaginativos y las cascadas de flores, completaron la atmósfera romántica. Al presentar este descubrimiento a sus padres, Sinan supo al instante que esta habitación encarnaría el espíritu del amor compartido entre él y Abú.

La decisión era un premio de ternura mezclada con melancolía, porque Sinan y sus padres sabían que la elección de esta habitación simbolizaría la realización de un sueño querido por Abú. Así, El Jardín del Amor se convirtió en el escenario de la boda de Sinan, una celebración del amor que trasciende el tiempo y el espacio, honrando los sueños pasados y presentes.

La nostalgia mezclada con la alegría creó una atmósfera única, haciendo de cada decisión una profunda reflexión sobre la vida pasada y futura.

7

Un gran cielo estrellado de la noche tuvo un lento amanecer. El gran día sonó, un día tan esperado con impaciencia; por fin había llegado el día de la boda de Sinan y Flora, un día impregnado de felicidad y nostalgia. A la ceremonia asistía una multitud diversa que incluía a amigos de Japón, donde Sinan había establecido vínculos desde su llegada; así como colegas de Francia. El aire se llenó de emoción y entusiasmo cuando los invitados se reunieron para celebrar la unión del ingeniero informático con su amada Flora.

El lugar de la ceremonia estaba adornado con delicadas flores y elegantes decoraciones, creando un ambiente mágico. Los invitados intercambiaban sonrisas y cálidos saludos, fusionando culturas y amistades en una celebración armoniosa. El maestro de ceremonias, con voz solemne, presentó a Sinan y a Flora, los protagonistas de este memorable día. Sinan, vestido con un elegante traje, miró a Flora con ojos brillantes de amor. Los dos estaban tomados de la mano, listos para comenzar juntos un nuevo capítulo de sus vidas.

Cuando llegó el momento de hablar, Sinan lo hizo con una emoción palpable. Rindió homenaje a su fallecido amigo y hermano Abú, su confidente de toda la vida. Su discurso estuvo lleno de pesar, pero también de agradecimiento por los momentos compartidos, las risas compartidas y los valiosos consejos. Recordó con emoción los momentos de su profunda amistad, enfatizando lo orgulloso que se habría sentido Abú de verlo abrazar esta nueva etapa de la vida. Los invitados se encontraron en una mezcla de emociones, compartiendo entre la tristeza por la ausencia de Abú y la alegría por la boda de Sinan y Flora. Los conmovedores testimonios y anécdotas tejieron una red de amor, pérdida y renovación.

Una ligera tensión flotaba en el aire. Los ojos de Sinan reflejaban una profunda emoción mientras evitaba, deliberadamente, hablar de su madre. Todos en la congregación podían sentir el peso de su dolor, un dolor que tenían miedo de compartir por temor a convertir esta alegre celebración en una ceremonia de duelo. Sinan, con voz contenida, se centró en los momentos felices que compartió con Flora. Habló de su historia, de su amor y del brillante futuro que imaginaban juntos. Trató de mantener el ambiente alegre, evitando cuidadosamente ahondar en recuerdos dolorosos relacionados con su madre, temiendo que sus lágrimas empañaran la dicha del momento.

La ceremonia continuó en un ambiente cargado de emociones, con sinceros intercambios de votos entre los cónyuges, sellando su mutuo compromiso; fue cuando Ben y Korotum, los padres biológicos de Abú, se levantaron para hablar. Sus rostros expresaban tristeza por la pérdida de su hijo y profunda gratitud hacia Sinan. Destacaron cómo, desde la llegada de Sinan a su casa, tras la pérdida de su madre y gracias a la intervención de Abú, había traído amor, respeto y consideración a su hogar. Ben, con voz temblorosa pero agradecida, expresaba cómo Sinan se había convertido en un verdadero regalo del cielo para ellos. Habían percibido en él una fuente de consuelo, una luz brillante en la oscuridad de su duelo.

El día de la boda de Sinan se convirtió así, para ellos, en el lugar apropiado para expresar todo su infinito agradecimiento a este hombre que, con su amor incondicional, había aliviado su dolor. Los invitados escuchaban en silencio, absorbiendo cada palabra pronunciada por los padres de Sinan.

Después del conmovedor discurso de los padres de Sinan, Konan y Verónica se levantaron, tomados de la mano:

KONAN: —Estamos profundamente agradecidos con Sinan –expresó, con voz de afecto–, quien ha sido mucho más que un amigo. Ha sido el catalizador de un cambio radical en nuestras vidas.

VERÓNICA: —Gracias a Sinan –agregó, con una cálida sonrisa–, Konan superó su batalla contra el alcohol, un desafío que creíamos insuperable. Su apoyo e influencia han sido invaluables y, hoy, la sombra de esta adicción ya no se cierne sobre nuestra felicidad.

KONAN: —Este hombre excepcional –decía, encontrando su mirada con la de Sinan– también logró restablecer la conexión perdida entre Verónica y yo. Los años de matrimonio habían creado distancias, pero Sinan fue el vínculo que fortaleció nuestro amor. Su presencia dio nueva vida a nuestra relación... y hoy estoy agradecido de haberme ganado el amor verdadero y sincero de mi esposa.

VERÓNICA: —Sinan ha sido un verdadero benefactor –complementaba, sonriendo tiernamente a Konan–, guiándonos a una vida llena de amor y felicidad. Nunca pudimos expresar adecuadamente nuestra gratitud.

Intercambiaron una mirada de gratitud hacia Sinan, un hombre cuya influencia positiva había transformado sus vidas y unido a su familia de una manera inesperada y hermosa.

El ambiente, que mezclaba tristeza y gratitud, creó una compleja red de emociones en esta celebración del amor y la pérdida.

La ceremonia culminó con un deslumbrante baile de pareja entre Sinan y su novia. Sus pasos gráciles y sincronizados parecían contar la historia de su amor, llena de momentos difíciles superados juntos. El baile, orquestado con una sinfonía de emociones, simbolizaba la resiliencia, la gratitud y el amor que habían tejido los hilos de sus vidas. La pista de baile era el escenario donde Sinan y su esposa expresaban su profunda conexión, celebrando no solo su unión, sino también la fuerza de la familia y la amistad que los habían apoyado en tiempos oscuros.

La boda terminó en el ambiente de celebración que había perdurado, honrando el pasado y abrazando el futuro con optimismo y amor.

La boda de Sinan se convirtió, así, en el catalizador de una sincera expresión de gratitud y solidaridad, mostrando que, incluso, en medio de la alegría, la memoria de quienes nos han dejado puede ser honrada con respeto y amor.

8

Sinan y Flora, buscando el lugar perfecto para su luna de miel, decidieron buscar la sabia ayuda de Ben y Korotum, los cariñosos padres de Sinan. Con un brillo de emoción en los ojos, la joven pareja se acercó a sus padres, deseosos de beneficiarse de su experiencia y valiosos consejos.

Ben y Korotum, acogiendo calurosamente la solicitud, invitaron a Sinan y a Flora a compartir un momento íntimo tomando el té. Sentadas en la comodidad de la sala de estar, las dos generaciones se reunieron para discutir las posibilidades de luna de miel. Ben, con los ojos brillando por los recuerdos, sugirió con una sonrisa de complicidad: "Francia es el lugar ideal para una luna de miel memorable"; luego se sumergió en la historia de su propia luna de miel en Francia, desde las románticas callejuelas de París hasta los pintorescos viñedos de Provenza. Korotum, por su parte, compartió conmovedoras anécdotas sobre sus descubrimientos culinarios y los mágicos momentos vividos en lo alto de la torre Eiffel. Los padres recordaron con cariño los paseos de la mano por el Sena y los momentos inolvidables en los pequeños cafés parisinos.

Cuando la historia de su propia luna de miel cobró vida, Sinan y Flora sintieron que la emoción crecía dentro de ellos. La idea de seguir los pasos de sus padres en este romántico país parecía ser la clave para sellar su propio amor en ciernes.

Con este consejo amoroso y experimentado, Sinan y Flora decidieron seguir la sugerencia de sus padres. Francia se convirtió, así, en el escenario mágico donde florecería su historia de amor, recogiendo la antorcha de una tradición familiar que resistió con elegancia el paso del tiempo.

***

Sinan y su querida esposa arribaron al aeropuerto para tomar avión hacia Francia.

Flora, con los ojos brillantes de emoción, estaba a punto de tomar su primer vuelo. En el aeropuerto, examinó ansiosamente los carteles, mientras Sinan, con experiencia en viajes aéreos, le tomaba la mano con una sonrisa reconfortante: "No te preocupes, querida. Es una aventura emocionante" –susurró suavemente, sintiendo el nerviosismo de Flora.

Mientras Flora, con ojos asombrados, se entretenía con el bullicio del aeropuerto, Sinan contaba sus propias anécdotas de viaje, disipando así los temores de su esposa: "Recuerda, el cielo es como nuestro segundo hogar. Ya verás que es una sensación única" –aseguró, acariciándole la espalda para tranquilizarla.

Al subir al avión, Flora se acomodó nerviosamente en su asiento, mientras Sinan le explicaba los entresijos del vuelo: "Mira por la ventana, verás lo increíble que es la vista desde las nubes" –le dijo, entusiasmado, tratando de compartir su pasión por los viajes en avión.

Durante el vuelo, Sinan se aseguró de que Flora se sintiera cómoda, mostrándole cómo ajustar su asiento, dándole auriculares para disfrutar de la música y compartiendo anécdotas alegres para entretenerla. "Es como bailar en el aire" –bromeó, suavizando el ambiente.

Al aterrizar, y ahora más relajada, agradeció a Sinan su constante apoyo:

FLORA: —Fuiste mi ángel de la guarda allá arriba –le dijo, con una sonrisa agradecida.

SINAN: —Eso es lo que hacen los maridos, querida. Juntos podemos conquistar cualquier cielo sin importar cuán alto sea –respondió, simplemente.

Su primer vuelo juntos se convirtió, así, en una experiencia memorable, en la que los conocimientos de Sinan y la tierna confianza de Flora se combinaron para crear recuerdos que permanecerían grabados en su historia.

Fue así como la pareja se embarcó en una romántica aventura en Francia durante su luna de miel. En París, la ciudad del amor, pasearon por los Campos Elíseos, maravillados ante las luces de la torre Eiffel que brillaban en la noche. Las calles adoquinadas de Montmartre se convirtieron en el escenario de su incipiente amor, mientras descubrían juntos el alma artística de la ciudad.

Exploraron museos emblemáticos como el Louvre, perdiéndose en los laberintos del arte y la cultura; cada pintura era una pintura de su recién encontrada felicidad.

El encanto de París impregnó sus corazones, sellando su amor en el corazón de la Ciudad de la Luz.

Dejando la capital, se embarcaron hacia Provenza, donde los campos de lavanda extienden una alfombra violeta hasta donde alcanza la vista. Los paseos de la mano por estos idílicos paisajes se convirtieron en un reflejo de su floreciente amor. Los mercados provenzales los sedujeron con sus cautivadores sabores y perfumes.

Entonces, la Costa Azul les recibió con sus playas doradas y aguas cristalinas. Los días estuvieron marcados por románticos baños y paseos por la costa. Las noches estrelladas del Mediterráneo fueron el escenario de sus renovados votos bajo el cielo resplandeciente.

De regreso a casa, Sinan y Flora se llevaron recuerdos imborrables de tres semanas encantadas, marcadas por la belleza de Francia y el florecimiento de su incipiente amor.

***

Una dulce mañana, después de su regreso, Sinan y Flora decidieron visitar a Konan y a su esposa para expresarles su gratitud. La pareja les había brindado un apoyo excepcional durante la boda y Sinan tenía una promesa que cumplir: abrir la tan esperada pastelería.

Al llegar, tocaron la puerta de la casa y Konan les abrió con una cálida sonrisa. Abrazos y saludos felices llenaron el aire cuando entraron.

Sentado en la cómoda sala de estar, Sinan habló:

SINAN: —No podemos agradecerles lo suficiente por todo lo que han hecho por nosotros. Vuestra presencia en nuestra boda hizo que el día fuera aún más especial.

KONAN: —Fue también nuestro placer. Ustedes son una pareja maravillosa y fue un honor estar presentes en ese momento tan importante de sus vidas –respondió, humildemente.

FLORA: —Y eso no es todo. Sinan tiene algo especial que mostrarles.

Sinan, con una sonrisa traviesa, se puso de pie.

SINAN: —El pastelito del que les hablé por fin está listo. Nos gustaría que fueran los primeros en visitarlo.

Se dirigieron juntos hacia la pastelería, un lugar lleno del dulce aroma de las delicias recién horneadas. Konan y su esposa quedaron conmovidos al descubrir el lugar magníficamente decorado.

SINAN: —Llamamos a este pastelito Momentos Alegres, en honor a los momentos felices que todos compartimos juntos –explicó.

Konan, conmovido por este gesto, expresó su agradecimiento:

—Es increíble. Nos sentimos honrados de haber desempeñado un pequeño papel en esta gran aventura. Felicitaciones a ustedes dos.

La jornada continuó entre risas, degustación de exquisita repostería y recuerdos compartidos. Sinan y Flora estaban agradecidos de tener amigos tan maravillosos con quienes compartir su felicidad.

***

Llena de entusiasmo, Verónica decidió convidar a Sinan, sugiriéndole crear un grupo de WhatsApp que reuniera a exalumnos del instituto. Ella imaginaba una plataforma donde pudieran reunirse, compartir recuerdos y, por qué no, organizar reuniones. Sinan, encantado con la idea, aceptó inmediatamente. Juntos, comenzaron a recuperar contactos de sus antiguos compañeros de la institución.

Sinan, con su talento en desarrollo, transformó esta idea en realidad virtual. El grupo de WhatsApp se convirtió en un lugar donde miles de viejos camaradas podían reunirse, compartir recuerdos y renovar amistades.

Verónica sugirió características especiales para revivir los vínculos. Se crearon álbumes de fotografías virtuales que permitieron a los antiguos alumnos compartir las imágenes de sus años escolares y descubrir los viajes de los demás. Las discusiones temáticas evocaron recuerdos, creando una atmósfera de nostalgia y renovada camaradería.

Con el paso de las semanas, el grupo WhatsApp de exalumnos fue creciendo. Se organizaron reuniones virtuales que reunieron a miles de excamaradas de todo el mundo. Algunos se alegraron de descubrir los éxitos profesionales de sus antiguos compañeros, mientras que otros compartieron sus experiencias y consejos.

Verónica, deseosa de promover la inclusión, se aseguró de que el grupo reflejara la diversidad de carreras y vidas de los exalumnos; se formaron tutorías informales en las que los más experimentados guiaban a los más jóvenes en sus carreras profesionales. Sin embargo, el hecho de reunir a miles de personas después de décadas no estuvo exento de desafíos; Sinan y Verónica trabajaron incansablemente para mantener un ambiente positivo, moderando los intercambios y fomentando el respeto mutuo.

Verónica y Sinan estaban asombrados de cómo esta iniciativa había logrado reconectar a amigos que habían estado perdidos durante años.

Con el tiempo, el grupo de exalumnos del instituto se convirtió en una verdadera comunidad, fortaleciendo vínculos que se habían desvanecido con el tiempo. Verónica, además de administrar su próspera pastelería, disfrutaba viendo la felicidad que su idea había traído a tanta gente. El grupo de WhatsApp se convirtió en una forma de reunir amigos del pasado y crear nuevas amistades, transformando, así, una simple idea en una hermosa realidad.

***

Hay que decir que en la vida de Sinan casarse con Flora no fue solo una unión, sino un enriquecimiento constante. Flora, mucho más que una mujer cariñosa, demostró ser una consejera perspicaz. Un día, mientras observaban el grupo de exalumnos de su instituto, iniciado por Verónica, Flora tuvo una idea brillante: sugirió que Sinan organizara cuotas mensuales de membresía dentro de este grupo ya bien establecido. El objetivo no se limitó a reavivar los recuerdos del pasado, sino a crear una fuerza colectiva para ayudar a los más necesitados y desempleados entre ellos. Verónica, con su grupo, ya llevaba décadas trazando un camino altruista.

Sinan, guiado por los sabios consejos de Flora, abrazó esta idea con entusiasmo. Las contribuciones mensuales se convirtieron en un puente hacia la solidaridad, una fuente de apoyo financiero para los veteranos en dificultades. Gracias a esta iniciativa, el grupo se transformó en una verdadera fuerza filantrópica, llevando ayuda y esperanza a los necesitados.

El primer proyecto fue crear un fondo de ayuda para los miembros del grupo que enfrentaban dificultades financieras. Gracias a la cuota mensual de membresía, se otorgaron becas, se pagaron las deudas médicas y muchos miembros del grupo se recuperaron.

Flora, llena de ideas altruistas, también sugirió desarrollar programas de *mentoring* y *coaching* profesional dentro del grupo. Los miembros expertos ofrecieron su tiempo para guiar a quienes buscaran cambiar su vida profesional. Algunos miembros en busca de dirección descubrieron oportunidades insospechadas gracias a este valioso consejo.

El efecto positivo del aporte mensual se hizo sentir rápidamente. Se lanzaron proyectos comunitarios, que iban desde la construcción de escuelas hasta la prestación de ayuda alimentaria a los más necesitados. El grupo de WhatsApp se convirtió en un catalizador del cambio, difundiendo vibraciones positivas más allá de sus fronteras virtuales.

El éxito de esta iniciativa fortaleció el vínculo entre los miembros del grupo, sintiéndose cada uno involucrado en una causa común. La cuota mensual se convirtió en un símbolo de solidaridad, mostrando cómo una pequeña contribución podía tener un gran impacto en la vida de muchas personas.

Con el tiempo, Sinan entendió que formar una relación con una mujer como Flora no era solo un acto de amor, sino también una alianza estratégica para el éxito colectivo. Su compromiso con la comunidad demostró que la unión con una mujer sabia era un activo precioso, que trascendía los límites de la vida personal para impactar positivamente el mundo que los rodeaba.